善良是一种聋子能听见、盲人能看见的语言。

——马克·吐温

大作家讲的小故事

神秘的访问

[美] 马克·吐温 著
叶冬心 译

北京大学出版社
PEKING UNIVERSITY PRESS

图书在版编目(CIP)数据

神秘的访问/(美)马克·吐温(Twain,M.)著;叶冬心译.—北京:北京大学出版社,2014.1
(大作家讲的小故事)
ISBN 978-7-301-21786-3

Ⅰ.①神… Ⅱ.①马…②叶… Ⅲ.①短篇小说－小说集－美国－近代 Ⅳ.①I712.44

中国版本图书馆 CIP 数据核字(2012)第 301118 号

书　　　　　名	神秘的访问
著 作 责 任 者	[美]马克·吐温 著　叶冬心 译
点评文字撰稿	其　扬
丛 书 策 划	邹艳霞
责 任 编 辑	泮颖雯
标 准 书 号	ISBN 978-7-301-21786-3/I·2560
出 版 发 行	北京大学出版社
地　　　　　址	北京市海淀区成府路 205 号　100871
网　　　　　址	http://www.pup.cn　新浪官方微博:@北京大学出版社
电 子 信 箱	zyl@pup.pku.edu.cn
电　　　　　话	邮购部 62752015　发行部 62750672　编辑部 62767857 出版部 62754962
印　刷　者	三河市博文印刷厂
经　销　者	新华书店
	650 毫米×980 毫米　16 开本　12.75 印张　150 千字
	2014 年 1 月第 1 版　2014 年 1 月第 1 次印刷
定　　　　价	28.00 元

未经许可,不得以任何方式复制或抄袭本书之部分或全部内容。
版权所有,侵权必究
举报电话:010-62752024　电子信箱:fd@pup.pku.edu.cn

目录 Contents

- 神秘的访问 …………………………………… 1
- 火车上人吃人纪闻 …………………………… 9
- 大宗牛肉合同的事实 ………………………… 21
- 竞选州长 ……………………………………… 31
- 我如何主编农业报 …………………………… 39
- 一张百万英镑钞票 …………………………… 49
- 狗说的故事 …………………………………… 77
- 三万元的遗产 ………………………………… 93
- 我最近辞职的经过 …………………………… 133
- 田纳西州的新闻业 …………………………… 143

目 录 Contents

一则真实的故事……………………………………………153

皮特凯恩岛大革命………………………………………161

法国人大决斗……………………………………………177

我从参议员私人秘书的职位上卸任……………………191

神秘的访问

带着问题读一读，你会收获更多

1. "他在最后关头递给我一只大信封，说那里面有他的广告，说我可以在那里面找到一切有关他的业务的细节"，信封中真正装的是什么？
2. 主人公的"非常阔气的朋友"帮他想了什么办法来避税？

大作家讲的小故事

我最近在这里"定居",首次注意到我的是一位自称为"估税员",在美国"国内税收局"工作的先生。我说,我虽然以前没听过他所干的这一行,但仍旧十分高兴会见他。他就了座,我不知道该和他谈什么好。然而我意识到,既然自己已经成家立业,有了身价,那么在接待来宾时就必须显得和蔼可亲,就必须善于交谈。于是,由于一时没有其他的话可以扯,我就问他可是在我们附近开店的。

他回说是的。(我不愿显得一无所知,但是我指望他会提到他出售什么货色。)

我试探着问:"买卖怎么样呀?"他说:"马马虎虎。"

接着我说,我们会上他那儿去的。如果也同别人一样喜欢他那家店,我们会成为他的主顾的。

他说,他相信我们会十分喜欢那个地方,以后会专门去那儿——还说,只要谁跟他打过一次交道,他从来没见过那个人会抛弃他,另去找一个干他那一行的。

这话听来颇近自诩,然而,除了显出我们每人都具有的那种自然流露的鄙俗而外,这人看上去还是很诚实的。

也不知道究竟是怎么一回事,反正我们俩似乎逐渐变得融洽,谈得投机,此后一切都那样很惬意地、自然而然地发展下去。

我们谈呀,谈呀(至少在我这一方面是如此);我们笑呀,笑呀(至少在他那方面是如此)。然而我始终保持着冷静——我那天生的警惕性,就像工程师所说的那样被提到"最高度"。不管他怎样含糊其辞地答话,我总下定决心要彻底打听清楚他所干的行业——我下定决心要引着他把自己的行业说出来,但同时又不要让他怀疑我的用意何在。我准备施展极其巧妙的诡计,务必要引他入毂。我要把自己所做的事全部告诉他,那样他就自然而然会被我推心置腹的谈话所诱惑，自然而然会对我亲热，甚至会情不自禁，在不曾猜疑到我的意图之前就把自己的事全部告诉我。我心里想，我的儿呀，你再没想到，你是在跟一个什么样的老狐狸打交道啊。我说："瞧，你再也猜不到，这一个冬天和上一个春天我单凭演讲就挣了多少。"

"猜不到？我真的猜不到。让我再想一想……让我再想一想。也许，大约是两千元吧？不会的，先生，那不会，我相信您不可能挣那么多。也许，大约是一千七百元吧？"

"哈哈！我就知道您猜不到嘛。上一个春天和这一个冬天我演讲的收入是一万四千七百五十元。您以为这个数目还可以吗？"

"啊呀，这是个惊人的数目呀……绝对惊人的数目。我得把它记下了，您是说，甚至这还不是您全部的收入吗？"

"全部的收入！咳，我说您哪，此外还有四个月以来我从《每日呐喊》获得的收入……大约是……大约是……嗯，大约是八千元左右吧，我说，您觉得这个数目怎么样？"

"哎呀！怎么样？老实说，真希望我也能过上这样阔气的生活。八千元！我要给它记下了。啊呀，我的先生！……除此以外，您意思是不是说，还有更多的收入？"

"哈！哈！哈！哎呀，您这真所谓是'只沾了个边儿'。此外还有我的书呢，《老实人在国外》……每本售价三元五角起到五元，根据不同的装订而定。您再听我说下去呀，您不用害怕呀。单是过去四个半月里，不包括以前的销数在内，单是那四个半月里，那部书就卖了九万五千本。九万五千本哪！您倒想想。平均每本就算它四元吧，总数几乎达到四十万元，我的朋友。我应当拿到它的半数。"

大作家讲的小故事

"受苦受难的摩西①!让我把这一笔也给记下来。一万四千七百五十……八千……二十万。总数吗,我瞧……哎呀,真真想不到,总数大约是二十二万三四千元哪!那真的可能吗?"

"可能!如果是算错,那只会是算少了。二十二万四千元现钞,那就是我今年的收入,如果我知道怎样计算的话。"

这时候那位先生站起身来告辞。我心里很不痛快,因为我想到,我也许不但白白地向一个陌生人公开了自己的收入,而且,由于听到他的惊叹时感到得意,还大大地提高了那些数字。可是,那位先生不立即就走,他在最后关头递给我一只大信封,说那里面有他的广告,说我可以在那里面找到一切有关他的业务的细节,说他很欢迎我去光顾——说他有我这样收入优渥的人做主顾,实在感到骄傲;说他以前常常以为市里也有好几位大财主,可是,等到他们去跟他做交易时,他发现他们所有的那点儿钱只勉强够自己糊口;还说,他确实耐着沉闷等候了这么多年,才能面对面看见我这样一位大阔佬,而且能和我交谈,并用手接触了我,终于情不自禁,想要拥抱我——说真的,如果我肯让他拥抱的话,他认为那对他将是一件极大的光荣。

这一席话说得我心里乐滋滋的,所以我也就不再推拒,尽让这位心地纯洁的陌生人张开双臂抱住我,还在我后颈窝里洒了几滴起镇静作用的眼泪。然后,他就离去了。

他刚走,我就展开了他的广告。我仔细地研究了四分钟,紧接着我就唤厨子来,说:

"扶好了我,我这就要晕过去了!让玛丽去翻那烤饼吧。"

停了一会儿,我清醒过来,就派人到路拐角的小酒店里去,雇

---

① 《圣经》中领导以色列人逃出埃及,并为之立法的希伯来先知。这里做惊叹语。

来一位行家，为期一个星期，要他整夜守护着我，同时咒骂那个陌生人。白天里，偶尔我咒骂得乏了，就由他接替。

哼，瞧他这个坏蛋！他的那份"广告"，只不过是一份该死的报税表格——上面是一连串没头没脑的问题，问的都是有关我的私事，很小的字体足足占了四大张纸——那些问题，这里我不妨指出，实在提得非常巧妙。哪怕是那些最世故的人也没法理解它们究竟用意何在——再说，那些问题都经过了精心的构思，其目的是要使一个人报税时非但没法弄虚作假，反而会将自己的实际收入多报上三倍。我试图寻觅一个可钻的空子，然而看来竟然没有一个可以让我钻的。第一个问题绰绰有余地包罗了我的全部经济情况，有如一把伞笼罩了一个小小蚁蛭：

过去一年里，你在任何地方所从事的任何交易、业务或职业中共赚了多少钱？

这问题下面附了另十三道同样刁钻的小题，其中措辞最委婉的一题是要我呈报：过去我可曾由于黑夜偷盗，或者拦路抢人，或者纵火打劫，或者从事其他不可告人的勾当，借以营私渔利，购置产业，但尚未逐条列于收入申报书中第一问题的下方。

这分明是那个陌生人故意要让我上当受骗，这是非常非常明显的事。于是我跑出去，聘请了另一位行家。原来由于陌生人挑动了我的虚荣心，所以我才会把自己的收入申报为二十二万四千元。按照法律规定，这笔收入中只有一千元是可以免缴所得税的——这是唯一能够使我感到安慰的，但这一点钱有如大海中的涓滴而已。按规定百分抽五的办法，我必须上缴给政府的所得税竟高达一万零六百五十元！

大作家讲的小故事

（这里我不妨交代一句，到后来我并没缴纳这笔税款。）

我认识一个非常阔气的朋友，他的住宅好像是一座皇宫，他坐在饭桌上好像是一位皇帝在进膳，他的用费十分浩繁，然而，他却是没有分文收入的人，因为我常常在他的报税表格上注意到了这一点。于是，在窘急无奈的情况下，我就去向他求教。他接过了我那些琳琅满目的、为数惊人的收入凭证，他戴上了眼镜，他提起了笔，接着，一眨眼的工夫——我已经变成了一个穷光蛋！这件事他做得十分干净利落。他只是巧妙地伪造了一份"应予扣除数"的清单。他将我缴给"州政府、联邦政府和市政府的税"登记为若干；将我"由于沉船、失火等受到的损失"登记为若干；还有将我在"变卖房地产时所受的损失"，我在"出售牲口"时所受的损失，"支付住宅及其周围土地的租费"，"支付修理费、装修费和到期的利息"，"以前在美国陆军、海军与税务机关任职时从薪津中扣除的税款"，以及其他等等登记为若干。他对所有以上的情况，就每一个列举的项目，都登记了为数惊人的"应予扣除数"。他登记完毕，再把那张清单交给我，这时候我一眼就看到，就在这一年里，我作为纯利的收入已一变而为一千二百五十元四角。

"这一来，"他说，"按照法律规定，一千元是属于免税的。你只需要去宣一次誓，证明这份清单属实，然后给其余的二百五十元付了税就完啦。"

（他说这席话的时候，他的小儿子威利从他背心口袋里摸出一张两元美钞，拿着钱一溜烟跑了。这里我敢打赌，如果我那位陌生客人明天来访问这个小家伙，他准会谎报他应付的所得税。）

"您是不是，"我说，"您本人是不是也这样填报'应予扣除数'呀，先生？"

"这个，我应当说是的！要不亏了'应予扣除数'项下那十一

6

condition救命的附加条款，那我每年就得当乞丐，讨了钱去供奉这个该死的、可恨的，这个敲诈勒索、独断独行的政府啦。"

在本市几位最有实力的人士当中，在那几位品德高尚、操行清白、商业信誉卓著的人士当中，就数这位先生的地位最高，于是我毕恭毕敬奉行他所指示的范例。我去到税务局办事处，在上次来访的客人的谴责的目光下站起身来，一再地撒谎，一再地蒙混，一再地耍无赖，直到后来我的灵魂深深地陷入了伪证罪之中，我的自尊心从此消失得一干二净。

然而，这又算得了什么？这正是美国无数最富有的、最自豪的，而且是最体面的、最受人尊重、最被人奉承的人每年都在玩弄的把戏。所以，对这些我都满不在乎，我毫不羞愧。今后我只要少开口乱说，别轻易玩火，否则，我免不了会养成某些可怕的习惯。

赏析与品读

马克·吐温所在的那个时代，最腐蚀人心的就是金钱。马克·吐温也是个凡人，他偶尔也会表现出对金钱梦的渴望，就像这篇文章里他对自我财富的吹嘘，但是他的沉迷是理性的，他一边沉迷着，一边又批判着。整个美国社会都在沉迷金钱，上到政府下到民众。所以政府苛捐杂税，富人油头避税，最后备受压榨的就是底层的老百姓，富者越富，穷者越穷。

在马克·吐温的夸张与幽默中，我们只能悲哀地苦笑，对金钱的屈服，不是某一个时代某一个国家特有的，而是一直随着人类存在，到这里，恐怕是要为全人类悲哀了。

火车上人吃人纪闻

● 带着问题读一读，你会收获更多 ●

1. "我惶惑到了无法形容的程度"什么使"我"惶惑到了无法形容的程度？
2. 陌生人讲述的故事是他真实的经历吗？

大作家讲的小故事

不久前我去圣路易斯观光。西行途中,在印第安纳州的特雷霍特换车后,一位绅士,样子温厚慈祥,年纪大约有四十五岁,也许是五十岁,在一个小站上车,然后就在我身边坐下了。我们谈笑风生地山南海北闲聊了大约一小时,我发现他非常聪明,富有风趣。他一听说我是从华盛顿来的,就向我提出好些问题,有的是关于某些社会知名人士,有的是关于议会中的动态,过了不多一会儿我就看出,跟我谈话的这个人十分熟悉首都政治生活的内幕详情,甚至了解参众两院议员在工作程序中采取的方式、表现的作风以及仿效的习惯等。又过了一会儿,有两个人在离开我们不远的地方停下,站立了片刻,其中一个人对另一个人说:

"哈里斯,如果你能代我去做那件事,老兄,我会永远忘不了你。"

我新结识的朋友高兴得眼中发出了光。我猜想,这两句话勾起了他对一件幸运的事情的回忆。接着,他就沉下了脸,好像堕入深思——几乎显出愁郁。他转过身来对我说:"让我讲一个故事给你听吧;就让我向你透露一件我生活中的秘事吧,自从那件事发生以来,我还从来不曾向谁提起过。请耐心地听下去,答应我不打断我的话。"

我说我不会打岔,于是他讲述了以下这件离奇的惊险遭遇。他说的时候,一会儿很激动,一会儿很愁郁,但始终带着感情,显得那么一本正经。

陌生人讲的故事

"一八五三年十二月十九日,我搭上一列开往芝加哥的夜车,从圣路易斯出发。车上总共有二十四位乘客。没有妇女,也没有儿童。大家都兴致很好,不久就结识了趣味相投的旅伴。看来那次旅行肯定是愉快的；在一群人当中，我想，谁也没有丝毫预感，会想到我们即将遭遇到的那些恐怖。

"夜里十一点，雪开始下得很猛。离开了韦尔登小镇不久，我们就逐渐进入无限辽阔的、荒凉悄寂的草原；它远远延展到朱比利居留地，极目望去，看到的是一片萧瑟景象。没有树木或小丘的屏蔽，甚至没有零乱的岩石的阻隔，风凶猛地呼啸，卷过一马平川的荒野，把前面纷纷扬扬的雪片像怒海上波涛激起的浪花那样吹散开，雪很快地越积越厚；根据火车速度的减低来推测，我们知道车头在雪中推进时越来越困难了。可不是，大量吹来的雪堆积得好像巨大的坟山，横挡住轨道，有时候发动机在这些雪堆当中完全停了下来。大伙无心谈话了。刚才那一阵无比的欢欣，现在变成了深切的焦虑。每个人都想到可能被困在离有人家地方五十英里以外茫茫草原上的积雪中，并将自己沮丧的情绪感染了所有其他的人。

"凌晨两点，我觉出四周毫无动静，就从反侧不宁的睡眠中惊醒过来。立刻，我脑海中闪过了那恐怖的现实——我们被困在风暴吹积成的雪堆里了！'大伙一起来抢救呀！'于是所有的人都跳起来响应。一起跑到外边荒野中的夜幕下、伸手不见五指的黑暗里，层层浪涛般的积雪里，漫天席地的风暴里，每一个人都开始迅速行动，意识到现在只要浪费片刻时间就会毁灭了我们所有的一切。铁锹，木板，双手——所有的东西，凡是可以清除积雪的，一下子全都被用上了。那是一副阴森可怖的景象：一小群人，一半在黑糊糊的阴影里，一半在车头聚光灯的强烈光照下，像发了疯似的跟那不断地堆积起来的雪厮拼。

"短短的一小时，已足以证明我们的努力全都是徒劳的。我们刚铲去一堆雪，风暴又吹来了十多堆，堵住了轨道。更糟的是，我们发现，车头在最后对敌人发动那一次猛攻时，主动轮的纵向轴

大作家讲的小故事

折断了!即使前面轨道畅通无阻,我们也无法摆脱困境了。我们累得筋疲力尽,感到很愁闷,又回到了车上。我们聚集在火炉旁边,严肃地详细讨论我们的处境,我们什么粮食都没储备——这是我们最为烦忧的事。我们不可能冻死,因为煤水车里还储存有足够的柴火,这是我们唯一的安慰。讨论到最后,大伙都相信了列车员作出的令人寒心的结论,那就是:谁要是试图在这样的雪地里步行五十英里,那准是一条死路。我们没办法求援,而即便是有办法,也不会有人来救我们。我们只好听天由命,尽可能耐心等待救援或者静候饿死!我相信,即使那些最有胆气的人听到这些话,他们一下子也都心冷了。

"过了不到一小时,谈话声变得低沉了,只偶尔从时起时落的狂风怒号中听到车上这里那里传来窃窃私语;灯光变得暗淡了;遇难的人多数坐在明灭不定的光影中,都陷入沉思——忘了现在吧,如果他们能够的话——进入梦乡吧,如果情况许可的话。

"永无尽头的黑夜——我觉得那肯定是永无尽头的——终于磨蹭完了极为缓慢的几小时,冷冽的灰色黎明在东方出现。天更亮了,乘客们一个又一个开始骚动,他们露出了一点儿生气,然后,推开了扣在脑门子上的垂边帽,抻一抻已经僵硬了的胳膊和腿,从窗子里朝那令人发愁的景色看了看。可不是,那是令人发愁的——到处都看不见一个生物,也没一所住房;除了一片空荡荡、白茫茫的荒野,其他什么都没有;卷到高空中的大雪片迎风到处飘扬——一个雪花旋舞的世界,掩蔽了苍苍茫茫的天空。

"整天里,我们都呆头呆脑地在车上走来走去,话说得很少,但心事想得很多。又是一个拖延时间的、令人郁闷的夜晚——又是一夜饥饿。

"又是一个黎明——又是这样的一天:沉默、烦愁、忍受着消耗体力的饥饿，眼巴巴地等候那毫无希望到来的救援。一夜睡卧不宁，老是梦到大吃大喝——但醒来又得熬受饥饿的痛苦折磨。

"第四天开始，然后又过去了——接着是第五天！瞧那五天可怕的囚禁生活啊！凶残的饥饿从每个人的眼中眈眈狩视。可以从其中看出一些可怕的含义——它预示每个人心中都在隐约地构思一件什么事情——一件还没人敢用言语将其说出的事情。

"第六天过去了——第七天黎明到来，它面对着的是死亡阴影中罕见的一群形销骨立、憔悴枯槁、完全绝望的人。现在必须将它公诸于众了！那件已经在每个人心中酝酿着的事情最后就要从每个人的舌尖上迸出来了！人性所能承受的折磨已经超过了它的极限，它不得不对其屈服了。明尼苏达州的理查德·H.加斯顿，身材高大，面色惨白，好像一具死尸，这时候站起来了。大伙都知道一件什么事情就要发生了。大伙已经有所准备——没做出一点儿动作，没显露丝毫激情——从最近变得那么狰狞的眼光中，只露出一副冷静的、沉思的严肃神情。

"'诸位先生：我们再也不能拖延了！时间已经紧迫了！我们当中由哪一位为其余的人提供食粮而自我牺牲，我们必须作出决定了！'

"伊利诺斯州的约翰·J.威廉斯先生站起来说：'诸位先生——我提名田纳西州的詹姆斯·索耶牧师。'

"印第安纳州的威廉·R.亚当斯先生说：'我提名纽约州的丹尼尔·斯洛特先生。'

"查尔斯·J.兰登先生：'我提名圣路易斯市的塞缪尔·A.鲍恩先生。'

"斯洛特先生：'诸位先生——这件事我敬谢不敏，我建议由新泽西州的小约翰·A.范·诺斯特兰德先生担任。'

"加斯顿先生：'如果没人反对，我们就同意这位先生的请

求吧。'

"范·诺斯特兰德先生表示反对,斯洛特先生辞谢遭到拒绝。索耶先生和鲍恩先生也相继推让,但都因为同样的理由而被拒绝。

"俄亥俄州的A. L. 巴斯科姆先生:'我提议现在就结束提名,由议会开始进行投票选举。'

"索耶先生:'诸位先生——我坚决反对这些程序。从各方面来说,这些程序是不合常规的,不很恰当的。我必须提议:立即将这一切予以取消,让我们选出一位会议主席,以及几位称职的工作人员,共同协助他,这样我们才能在相互谅解的情况下处理好我们所面临的事项。'

"爱荷华州的贝尔先生:'诸位先生——我反对这一提议。现在已经不是墨守成规、拘泥形式的时候。我已经七天没吃了。每一次我们空谈闲扯,浪费时间,结果只会给我们带来更多的痛苦。我对前面的提名感到满意——我相信,所有出席会议的先生,就拿我个人来说吧,都不能理解,为什么不可以立即开始从他们当中选举出一位或几位来。我想提出一项决议案……'

"加斯顿先生:'决议案会有人反对的。根据规定,它必须等一天以后再作处理,从而造成了您希望避免的那种延误。从新泽西州来的那位先生……'

"范·诺斯特兰德先生:'诸位先生——我不比你们诸位,我是异乡人;我并没企求诸位授予我这份荣宠,我感到很为难……'

"亚拉巴马州的摩根先生(插话):'我提议讨论前面一个问题。'①

"他的提议获得赞同;当然,此后无须进行辩论。选举工作人

---

① 指前面索耶选举会议主席的提议。

员的提议被通过了，于是，根据提议，加斯顿先生被选为主席，布莱克先生被选为秘书，霍尔库姆先生、戴尔先生和鲍德温先生共同组成提名委员会，R.M.豪兰先生担任膳食主管，负责襄助提名委员会进行遴选工作。

"宣布休会半小时，此后是举行一系列小型秘密会议。听到主席敲小木锤的声音，会议重新召集，委员会提出报告，公推肯塔基州的乔治·弗格森先生、路易斯安那州的卢西恩·赫尔曼先生和科罗拉多州的W.梅西克先生为候选人。这项报告被接受了。

"密苏里州的罗杰斯先生：'主席先生——趁这会儿报告正式提交大会的时候，我提议对它进行一些修正，改由我们全都熟悉和尊敬的圣路易斯市的卢修斯·哈里斯先生代替赫尔曼先生。希望诸位别误会，别以为我对这位来自路易斯安那州的绅士的优异人品和崇高地位有丝毫怀疑——根本不是的。和会上任何一位先生相比，我尊敬他的程度有过之无不及；然而，我们谁都不能忽视这一点，那就是我们被困在这里一个星期以来，他的肉比我们谁的都减轻了更多——我们谁都不能忽视这一点，那就是委员会玩忽了他们的职责，这可能是由于一时的疏忽，也可能是犯了严重的错误，因为他们建议我挑选一位先生，而这位先生无论他本人的动机有多么纯洁，但他身上所含的营养确实少了一些……'

"主席：'密苏里州的这位先生请就座。按照常规，根据惯例，本主席不能容许任何人对委员会权力的完整性进行干涉。大会应当对这位先生的提议采取什么行动？'

"弗吉尼亚州的哈利戴先生：'我提议对报告再进行一次修改，改由俄勒冈州的哈维·戴维斯先生代替梅西克先生。诸位先生也许会强调这一点，说什么拓荒生活中艰苦困乏的条件已经使戴维斯先生的肉变得很老；但是，诸位先生，难道现在是斤斤计较肉的

大作家讲的小故事

老嫩问题的时候吗？难道现在是在一些细节问题上挑三拣四的时候吗？难道现在是对一些微不足道的琐事争论不休的时候吗？不，先生们，现在我们需要的是体积——是质量、重量和体积——目前最高的要求是这些——而不是能力，不是天才，更不是教育。我坚持我的提议。'

"摩根先生（热情激动地）：'主席先生——我最强烈地反对这项修正案。从俄勒冈州来的那位先生年纪老了，再说，他体积虽大，但一身都是骨头——根本没什么肉。我现在请问从弗吉尼亚州来的这位先生，难道我们所要的不是肉块，而是清汤吗？难道他是存心要我们画饼充饥不成？难道他是要找一个俄勒冈的鬼魂来嘲弄我们所受的苦难不成？我倒要请问：他是不是能四面看看这些焦急的脸，仔细瞧瞧我们愁苦的眼睛，留心听听我们急切期盼的心跳声，同时再能把这样一个饿得半死不活的、虚有其表的家伙强行塞给我们？我倒要请问：他是不是能想到我们凄惨的处境，想到我们经历的愁苦，想到我们黑暗的未来，同时再能这样毫无怜悯之情，偷偷地把这件破烂、这堆垃圾、这个即将露出马脚的骗子，这个浑身是疙瘩、干瘪没汁水、从俄勒冈不见人烟的荒滩上来的流浪汉弄来蒙混我们？绝对不能啊！'〔掌声〕

"经过一场激烈辩论，第二项修正案被付诸表决，但结果没能通过。根据第一项修正案，应改由哈里斯先生代替赫尔曼。于是开始投票表决。表决一连举行了五次，都未能确定人选。在第六次表决时，哈里斯先生被选中了，所有的人都投票赞成选他（除了他本人以外）。此后有人提议，他的中选应用鼓掌形式获得承认，但结果只草草了事，因为他再一次投票反对选他本人。

"拉德韦先生提议，大会现在应当开始考虑其余几位候选人，为准备一次早餐进行一次选举。提议获得通过。

"第二次投票选举，两方面的意见相持不下：半数人主张选某一位候选人，因为他年纪更轻；半数人主张选另一位候选人，因为他个子更大。主席赞成第二派人看中的梅西克先生，投了决定性的一票，这一决定在落选候选人弗格森先生的朋友当中引起了很大的不满，有人谈到要求重新进行一次投票选举；但就在这当儿，一项主张休会的动议获得通过，于是立即宣布会议结束。

"弗格森派系刚才好半天一直都在忿忿不平地议论这个问题，但准备晚餐的事转移了他们的注意，接着，他们又要开始窃窃私语了，但一听到已经将哈里斯先生安排停当的喜讯，就把这一件事完全抛在了脑后。

"我们撑起车座的靠背，搭起临时的饭桌，然后各自就位，大家满怀感激的心情，面对着那一顿在痛苦难熬的七天里只有做美梦时才能看到的最精美的晚餐。跟短短几小时以前的处境相比，瞧，我们现在的情况改变了多少啊！记得前几天是饥饿，是愁人绝望的痛苦，是忧心如焚的焦急，是无法摆脱的困境；而现在呢，是感激的心情，是宁静的气氛，是无法尽情表达的喜悦。我知道，那是我纷纷扰扰一生中最为欢欣的时刻。风呼号着，把那雪在我们的牢笼四周猛烈地吹着，但是它再也不能给我们带来烦苦了。我很喜欢哈里斯。也许他还可以被整理得更好一些，但是，我可以说一句，再没谁能比哈里斯更配我的胃口，再没谁能比他更使我感到满意了。梅西克很好，虽然香料放得太浓了些，但是，讲到真正营养丰富，肌理细腻，我还是更喜欢哈里斯。梅西克自有他的优点——这一点我并不试图否认，也根本无意加以否认——但是，先生，如果就着他吃稀饭，那他并不比一具木乃伊更好——一点儿也不比它更好。瘦吗？——咳，我的老天爷！——怎么，老吗？啊呀，他太老了！老得你没法想象——你绝对没法想象，会有像他那样的。"

大作家讲的小故事

"您意思是说……"

"请别打断我的话呀。用完了早餐，我们就选举另一个从底特律来的、姓沃克的人，准备晚餐，他的质量非常好。后来我在给他妻子的信里就是这样说的。他确实值得我们赞扬，我会永远记住沃克。他稍嫌尽包了点儿，但是，他的质量非常好。再说，第二天早晨，我们把亚拉巴马州的摩根当早餐。他是我在饭桌上见到的最可爱的人士之一——仪容秀美，文雅博学，能流利地说几国的语言——是一位地道的绅士——确实是一位地道的绅士，一个异常'水灵的'人物。晚餐时我们享用了那位俄勒冈的主教，他真是个徒有其表的家伙，这一点是无可置疑的——上了岁数，瘦得皮包骨头，老得叫人咬不动，你真没法如实加以描绘。最后我说，先生们，随你们爱怎么就怎么吧，我可要等到下一次进行选举了。这时候伊利诺斯州的格里姆斯说：'先生们，我也要等。等你们选出一个具有一些值得推荐的优点的，那时候我会很高兴地再来和你们聚餐。'过了不久，已经可以明显地看出，大伙对俄勒冈州的戴维斯普遍地感到不满，因此，为了继续保持我们自从享用了哈里斯以来一直欣然流露出的那份亲切好感，我们进行了一次选举，结果是佐治亚州的贝克中选。他这人精彩极了！再说，再说……此后我们享用了杜利特尔，再有霍金斯，再有麦克尔罗伊（有人对麦克尔罗伊颇有微词，因为他特别瘦小），再有彭罗德，再有两位史密斯，再有贝利（他装了一条木腿，这对我们完全是一个损失，但在其他方面他都很好），再有一个印第安小子，再有一个街头演奏手摇风琴的，再有一位姓巴克明斯特的先生——瞧这个倒霉的窝窝头脑袋流浪汉，不但跟他交朋友会使你感到乏味，把他当早餐也会叫你心里不受用。我们很高兴，那是在救星来到前选举了他。"

"这样说来，天赐的救星最后真的来到了吗？"

"可不是，一个阳光灿烂的早晨，刚选举完毕，救星到了。那次选的是约翰·墨菲，我可以保证，再没比他更好的了。可是后来约翰·墨菲却乘了那列来搭救我们的火车，和我们一起回到了故乡；又过了一些日子，他娶了哈里斯的遗孀……"

"寡妇的前夫是……"

"是我们第一次选出的那一位。他娶了她，现在仍旧受人尊敬，过着幸福愉快的生活。啊，它好像是一篇小说，先生——它好像是一部传奇。这儿我到站了，先生，我得向您道别了。您如有便，请过来和我一起盘桓一两天吧，您来了我会很高兴。我很喜欢您，先生，我已经对您发生好感。也许我会像喜欢哈里斯那样喜欢您，先生。再见啦，先生，祝您一路平安。"

他走了。我这一辈子从来没像当时那样惊奇，那样不快，那样惶惑。然而，我在心底里却由于他走了而感到高兴。尽管他的态度是那么亲切，他的声音是那么柔和，但是，每当他把那饥饿的眼光投向我身上时，我就会不寒而栗；当我听说我已经赢得他那含有危险成分的好感，而且已经几乎和已故的哈里斯同样被他看重时，我的心差点儿停止搏跳了！

我惶惑到了无法形容的程度。我并不怀疑他所说的话，我不能对他那样一丝不苟地叙述的任何细节提出疑问，但是，我已经被那些恐怖的描绘吓瘫，我的思想已经陷入极度混乱。我看见列车员正瞅着我。我问："那个人是谁呀？"

"他曾经是国会议员，而且是一位很好的议员。可是，有一次他被风雪困在火车上，眼看就要饿死了。他浑身冻伤，差点儿冻死。由于没东西吃，他消耗尽了体力，此后他神智昏迷，病了两三个月。现在他已经复原，只不过已经变成偏执狂。每次一提到那些老话，他就说个没完没了，一直要说到他所谈的一车人都被吃光了

大作家讲的小故事

为止。要不是刚才已经到了站,非下车不可,这会儿他会把那一群人都吃得一个不留。那些人的姓名他都背得滚瓜烂熟。每一次吃完除了他自己以外所有的人以后,他老是这样说:'后来,为准备早餐进行日常选举的时间到了,没人反对,我当然中选,此后,没人提出异议,但是我推辞了。就这样,我到了这里。'"

我感到无比的快慰,因为知道刚才我所听到的并不是什么嗜血的吃人生番的真实经历,而只不过是一个疯子想入非非但无伤大雅的胡诌罢了。①

赏析与品读

马克·吐温对他所在的美国社会意见颇深。他所处的时代是19世纪末、20世纪初,当时的美国正是一个"暴发户"的时代,人人都有钱,财富像涨潮的海水,冲击着美国。而在这潮水中,人性就显得苍白无力了。在这个故事里,封闭的空间,坏掉的机器,无处可逃的风雪,处处都没有生机,处处都是绝望,就是在这样一个背景下,人性,被撕开了虚伪掩饰的外衣,以最真实的模样赤裸裸地暴露出来。当人性屈服于本能,人们便抛开了身份地位、礼节道义,将一个荒谬事件(吃人)合法化。

这种丑陋与罪恶,正是当时飞速发展着的美国的一大特点。尽管这只是故事中一个妄想狂的故事,但已足够引起读者的反思:金钱与道德,物质与人性,如何权衡。

---

① 本篇原译作"火车上人吃人纪闻",本书出版时作了修改。——编者注

大宗牛肉合同的事实

● 带着问题读一读，你会收获更多 ●

1. 牛肉合同的订立双方分别是谁？
2. 牛肉合同的账款最后有没有结清？

大作家讲的小故事

不管它对我的关系是多么微不足道吧,但我仍想尽可能简短地向全国人说明在这件事情里究竟有我什么份儿,因为这件事曾经引起公众的注意,激起很大的反感,以致两大州的报纸都用大量篇幅刊载了歪曲事实的报道和偏激夸大的评论。

这里我要声明的是,在以下的简介中,每一件事都可以用中央政府的档案充分地予以证实——这件不幸的事情是这样引起的:

大约在一八六一年十月十日,新泽西州希芒县鹿特丹区已故的约翰·威尔逊·麦肯齐和中央政府订立了一份合同,议定以总数为三十六桶的牛肉供应给谢尔曼将军①。

多么好的一笔买卖。

他带着牛肉去找谢尔曼。但是,等他赶到华盛顿,谢尔曼已经去马纳萨斯;于是他又装好了牛肉,跟踪到那里,可是到达那里已经晚了;于是他又跟踪谢尔曼去纳什维尔,然后从纳什维尔去查塔努加,再从查塔努加去亚特兰大——然而,他始终没能追赶上。他从亚特兰大再一次整装出发,紧沿着谢尔曼的路线直趋海滨。这一次他又迟到了几天,但是,听说谢尔曼准备乘"贵格城"号去圣地旅行,他就乘了一艘开往贝鲁特的轮船,打算超过前一艘轮船。当他带着牛肉抵达耶路撒冷时,他获悉谢尔曼并没乘"贵格城"号出航,而是到大草原去打印第安人了。他回到美国,向落基山进发,在大草原上历尽艰辛,走了六十八天,离谢尔曼的大本营只四英里地,他被印第安人用战斧劈死,剥去头皮,牛肉也被印第安人抢走了。他们抢走了几乎所有的牛肉,只丢下其中的一桶。谢尔曼的军队截下了那一桶牛肉,所以,那位勇敢的航海者虽然自己牺牲了,

---

① 威廉·特库姆塞·谢尔曼(1820—1891),美国陆军司令官,1864年从查塔努加出发,进行著名的"长征",沿途与印第安人激战,终于抵达亚特兰大,后又开始"向大海进军",经过南卡罗来纳等州。

但仍旧部分履行了他的合同。在一份以日记形式写的遗嘱中，他将那份合同传给了他的儿子巴塞洛缪·W。巴塞洛缪·W开列了以下账单，随后就死了。

致美利坚合众国政府

遵账应偿付新泽西州已故的约翰·威尔逊·麦肯齐以下各项费用：

谢尔曼将军订购牛肉三十大桶
每桶售价100元　　　　3000元
旅费与运输费　　　　　14000元
　　　共计 17000元

收款人：＿＿＿＿

他虽然去世了，但是死前已把合同留给了威廉·J.马丁，马丁设法收回账款，可是这件事还没办妥，他已经与世长辞了。他把合同留给了巴克·J.艾伦，艾伦也试图收回那笔账款。但他没能活到把钱弄到手就死了。他把合同留给了安森·G.罗杰斯，罗杰斯企图收回那笔账款，他层层申请，已经接近第九审计官的办公室，但是这时候对万物一视同仁的死神没经召唤就突然来到，把他也勾去了。他将单据留给了康涅狄格州一个名叫文詹斯·霍普金斯的亲戚，霍普金斯此后只活了四星期零两天，但创造了最快的纪录，因为他在此期间已经差点儿接近第十二审计官。他在遗嘱中把那份合同赠给了一位绰号叫"哦——寻乐吧"·约翰逊的舅父。但是，这位舅父虽然会寻欢作乐，也经不起操那份心。他临终时说的是："别再为我哭——我可是情愿走了。"于是他真的走了，瞧这个可怜的人儿。此后继承那份合同的共有七人之多，但是他们一个个都死了。所以它最后落到了我手中。它是由一个印第安纳州名叫哈伯

大作家讲的小故事

德（伯利恒·哈伯德）的亲戚传到我手里的。这人长期以来一直对我怀恨在心，可是，到了弥留的时刻，却把我唤了去，宽恕了我过去的一切，垂着泪把那份合同交给了我。

以上是我继承这笔遗产前的一段历史。现在我要将本人与此事有关的细节直接向全国人民一一交代。我拿了这份牛肉合同和旅费运费单去见美利坚合众国总统。

他说："怎么，先生，有什么事我可以为您效劳的吗？"

我说："阁下，大约在一八六一年十月十日，新泽西州希芒县鹿特丹区已故的约翰·威尔逊·麦肯齐和中央政府订立了一份合同，议定以总数为三十大桶的牛肉供应给谢尔曼将军……"

他听到了这里就拦住了我，叫我离开他那儿——态度是和蔼的，但也是坚决的。第二天，我去拜会国务卿。

他说："有什么事呀，先生？"

我说："殿下①，大约在一八六一年十月十日，新泽西州希芒县鹿特丹区已故的约翰·威尔逊·麦肯齐和中央政府订立了一份合同，议定向谢尔曼将军供应总数为三十大桶的牛肉……"

"好啦，先生——好啦；本部门可不管你的什么牛肉合同。"

他把我请了出去。我把这件事通盘考虑了一下，最后，第二天，我去拜访海军部长，他说："有话快谈吧，先生，别叫我尽等着。"

我说："殿下，大约在一八六一年十月十日，新泽西州希芒县鹿特丹区已故的约翰·威尔逊·麦肯齐和中央政府订立了一份合同，议定向谢尔曼将军供应总数为三十大桶的牛肉……"

可不是，我只来得及说到这儿。他也不管和谢尔曼将军订立的牛肉合同。我开始心里嘀咕：瞧这政府可有些古怪呀，它有点儿像

---

① 篇内官职与部门等系玩笑称呼。

是要赖了那笔牛肉账哩。第二天，我又去见内政部长。

我说："殿下，大约在一八六一年十月十日……"

"够啦，先生。我以前已经听说过您了。去吧，快拿了您这份肮脏的牛肉合同离开这儿吧。内政部根本不管陆军的粮饷。"

我离开了那儿。可是这一来我恼火了。我说，我要把他们纠缠得没法安身；我要搅乱这个不讲公道的政府的每一个部门，一直闹到有关合同的事获得解决为止。要不就是我收齐了这笔账款，要不就是我自己倒下，像以前的一些人办交涉的时候倒下了为止。此后我就进攻邮政部长；我围困农业部长；我给众议院议长打了埋伏。他们都不管给陆军订立的牛肉合同。于是我向专利局进军。

我说："尊严的阁下大人，大约在……"

"天杀的！你终于把你那份火烧不光的牛肉合同带到这儿来了吗？我们根本不管给陆军订立的牛肉合同，亲爱的先生。"

"哦，这完全没关系——可是，总得有一个人出来偿付那笔牛肉账呀。再说，你们现在就得偿付，否则我就没收了这个老专利局，包括它里面所有的东西。"

"可是，亲爱的先生……"

"不管怎样，先生。我认为专利局必须对那批牛肉负责。再说，负责也罢，不负责也罢，专利局必须付清这笔账。"

这里就不必再谈那些细节了。结果是双方动了武，专利局打了一场胜仗，但是我却发现了一件对我有利的事。他们告诉我，财政部才是我应当去的地方。于是我去到那里。我等候了两个半小时，后来他们让我进去见第一财政大臣。

我说："最高贵的、庄严的、尊敬的大人，大约在一八六一年十月十日，约翰·威尔逊·麦肯齐……"

"够啦够啦，先生。您的事我已经听说过了。您去见财政部第

大作家讲的小故事

一审计官吧。"

我去见第一审计官,他打发我去见第二审计官,第二审计官打发我去见第三审计官,第三审计官打发我去见腌牛肉组第一查账员。这一位才开始有点儿像是在认真地办事。他查看了他的账册和所有未归档的文件,可是没找到牛肉合同底本。我去找腌牛肉组第二查账员。他查看了他的账册和未归档的文件,但是最后毫无结果。然而我的勇气却随之提高了。在那一星期里,我甚至一直找到了该组的第六查账员;第二个星期里,我走遍了债权部;第三个星期里,我开始在错档合同部里查询,结束了在那里进行的工作,而且在错账部里获得一个据点。我花了三天工夫就消灭了它。现在只剩下一个地方可以让我去了,我去围攻杂碎司司长,意思是说,我去围攻他的办事员——因为他本人不在。有十六个年轻貌美的姑娘在屋子里记账,再有七个年轻漂亮的男办事员在指导她们。小妞们扭转头来笑,办事员向她们对笑,大伙喜气洋洋,好像听到了结婚的钟声敲响了。两三个正在看报的办事员死死地盯了我两下,又继续看报,谁也不说什么。好在自从走进腌牛肉组的第一办公室那天起,直到走出错账部的最后一个办公室为止,我已经积累了那么多的经验,我已习惯于四级助理普通办事员的这种敏捷的反应。这时候我已经练就了一套功夫:从走进办公室时起,直等到一个办事员开始跟我说话为止,我能一直金鸡独立地站着,最多只改换一两次姿势。

于是,我站在那里,一直站到我改换了四个姿势。然后我对一个正在看报的办事员说:

"大名鼎鼎的坏蛋,土耳其皇帝在哪里?"

"您这是什么意思,先生?您说的是谁?如果您说的是局长,那么他出去了。"

"他今天会去后宫吗?"

年轻人直勾勾地向我瞧了一会儿,然后继续看他的报。可是我熟悉那些办事员的一套。我知道,只要他能在纽约的另一批邮件递到之前看完报纸,我的事就有把握了。现在他只剩下两张报纸了。又过了不多一会儿,他看完了那两张报纸,接着,打了个哈欠,问我有什么事情。

"赫赫有名尊贵的呆子,大约在……"

"您就是那个为牛肉合同打交道的人呀,把您的单据给我吧。"

他接过了那些单据,好半晌一直翻他那些杂碎儿。最后,他发现了那份已经失落多年的牛肉合同记录——我还以为他是发现了西北航道①,以为他是发现了那块我们许多祖先还没驶近它跟前就被撞得粉身碎骨的礁石。当时我深受感动,但是我很高兴——因为我总算保全了性命。我激动地说:"把它给我吧。这一来政府总要解决这个问题了。"他挥手叫我退后,说还有一步手续得先办好。

"这个约翰·威尔逊·麦肯齐呢?"他问。

"死了。"

"他是什么时候病死的?"

"他根本不是病死的——他是被杀害的。"

"怎么杀害的?"

"被战斧砍死的。"

"谁用战斧砍死他的?"

"唔,当然是印第安人啰。您总不会猜想那是一位主日学校校长吧?"

---

① 连接大西洋和太平洋,通过加拿大北部的一条航道。

大作家讲的小故事

"不会的。是一位印第安人吗？"

"正是。"

"那印第安人叫什么？"

"他叫什么？我可不知道他叫什么。"

"必须知道他叫什么。是谁看见他用战斧砍的？"

"我不知道。"

"这么说，当时你不在场？"

"这您只要瞧瞧我的头发就可以知道了。当时我不在场。"

"那么您又怎样知道麦肯齐已经死了？"

"因为他肯定是那时候死了，我有充分理由相信，他打那时候起就不在了。真的，我知道他已经死了。"

"我们必须要有证明。您找到那个印第安人了吗？"

"当然没找到。"

"我说，您必须找到他，您找到了那把战斧吗？"

"我从来没想到这种事情。"

"您必须找到那把战斧，您必须交出那个印第安人和那把战斧。如果麦肯齐的死能由这一切提供证明，那么您就可以到一个特别委任的委员会那儿去对证，让他们审核您所要求的赔偿。按照这样的速度处理您的账单，看来您的子女，也许有希望活到那一天，就可以领到那笔钱去享受一下。但是，那个人的死必须得到证明。好吧，我不妨告诉您，政府决不会偿付已故麦肯齐的那些运费和旅费。如果您能让国会通过一项救济法案，为此拨出一笔款额，也许政府可能偿付谢尔曼的士兵截下来的那一桶牛肉的货款，但是，政府不会赔偿印第安人吃掉的那二十九桶牛肉。"

"这样说来，政府只能偿还我一百元，甚至连这笔钱也不一定可靠的呀！麦肯齐带着那些牛肉，跑遍了欧洲、亚洲和美洲，他经受了那么多的折磨和苦难，搬运了那么多的地方，有那么多试图收回账款的无辜者作了牺牲，最后就这样了事呀！年轻人，为什么腌牛肉组的第一查账员不早告诉我呢？"

"对您提出的要求是否属实，他一无所知呀！"

"为什么第二查账员不早告诉我？为什么第三查账员不早告诉我？为什么所有各组各部都不早告诉我？"

"他们都不知道呀，我们这儿是按规章手续办事。您一步步地履行了那些手续，就会探听到您所要知道的事情。这是最好的办法，这是唯一的办法。这样办事非常正规，虽然非常缓慢，但是稳妥可靠。"

"是呀，这是稳死无疑，对我们家族中多数的人来说就是这样。我开始感觉到，主也要召我去了。年轻人，我打你温柔的眼光里可以看出，你爱那个鲜艳的人物，瞧她蓝晶晶的眼睛脉脉含情，耳朵后面插着几枝钢笔[①]；你想要娶她——可是你又没钱。喏，把手伸出来——这是那份牛肉合同，你拿去吧，娶了她去快活吧！愿老天爷保佑你们俩，我的孩子！"

有关大宗牛肉合同引起社会纷纷议论一事，我所知道的都在上面交代了。我留下合同给他的那个办事员现在也死了。有关合同此后的下落，以及任何与它有关的人的事情我都不知道了。我只知道：如果一个人的寿命特别长，那么他不妨到华盛顿的扯皮办事处里去追查一件事，在那里花费很大的气力，经过无数的转折和拖延，最后找到他实际上头一天里就可以在那里（如果扯皮办事处也能像一家大的私人商业机构将工作安排得那么灵活的话）找到的东西。

[①] 戏指夹发的钢饰针。

大作家讲的小故事

赏析与品读

马克·吐温最擅长的是两件事：逗乐和讽刺。他本人是这么说的："不能一味逗乐，要有更高的理想。"他的理想就是将人类的弱点放大一百倍，让你觉得好笑的同时，又能清晰地看到这些"伤口"，然后你会反思，会改正它们，这样，我们的世界就会变得更完美更理想了。

在这篇故事里，这个不幸被马克·吐温逮到了又拿到放大镜下的弱点，就是推卸。越是发达的社会，越是文明程度高的国家，这种推卸就越是存在，因为发达文明的国家提供了足够多的部门用来干这件事。马克·吐温用极致的夸张将这个心照不宣的事彻底暴露在公众面前，谁看了都会大快人心，可谁看了又都会沉默：难道我们没有身在某个这样的"部门"中吗？

竞选州长

● 带着问题读一读，你会收获更多 ●

1. 和他同住在一间小屋子里的几个伙伴不时遗失一些小件的贵重物品，到后来那些东西照例都是在吐温先生的身上或他的"行李箱"（指他用来包装随身什物的报纸）里发现了，这件事是真的吗？
2. "我"为何退出了州长的竞选？

大作家讲的小故事

几个月前,独立党提名我为纽约州州长候选人,准备与约翰·丁·史密斯和布兰克·丁·布兰克两位先生一起参加竞选。不管怎样说吧,反正我总认为,跟这两位先生相比,我具有一个明显的优点,那就是:我的声誉好。这一点我们不难从报纸上看到,即使他们俩也一度曾经知道保持一个好名声意味着什么,但他们的那个时代已经一去不复返了。事实很明显,最近这几年里,他们对各种可耻的罪行已习以为常。然而,就在我夸赞自己的优点,并暗中沾沾自喜时,我那喜悦心情的深处却被一股使人感到惴惴不安的污浊潜流给"搅浑",那就是:我必然会听到一些人把我的名字和这一流人物相提并论,混为一谈。我越来越感到不安。最后我写信给我的祖母,谈到这件事,我很快地准时收到了回信。她在信中说:

你生平从来没有干过一件令人羞愧的事——一件也没干过。现在你倒去看看报纸吧——去看看它们,再了解一下史密斯先生和布兰克先生是什么样的人,然后再考虑一下:你是否情愿将你自己的身份降低到他们的水平,和他们一起去拉选票。

这正是我的想法呀!那一天我整夜没合眼。然而无论如何我不能打退堂鼓。我既已完全承担了义务,就必须拼干到底。早餐时我正在百无聊赖地看报纸,眼光偶尔触到下面这一段报道,说真的,我从来没像那样惊慌失措。

作伪证罪——现在马克·吐温先生当着群众俨然是一位州长候选人了,他是不是可以放下他那架子来解释一下:一八六三年他在交趾支那瓦加瓦克,如何经三十四位证人评断,证明他曾经作过伪证。他那次作伪证的动机,是为了要从当地一个穷苦的寡妇和她无依无靠的子女那里侵吞一块贫瘠的大蕉地，那块地是他们失去亲人后，在悲哀不幸中唯一可以依赖为生的恒产。无论是为他本人，或是为投他选票的广大群众，吐温先生都有责任澄清这一事实。他会加以澄清吗？

当时我差点儿没被吓昏过去！竟然有这样恶毒伤人的、丧心病狂的指控。我从来就不曾见到过什么交趾支那！我从来就不曾听说过什么瓦加瓦克！我不知道"大蕉地"和袋鼠有什么区别！我不知道该说什么好了。我神志不清，我束手无策。我根本什么事都没做，就让那一天溜了过去。第二天早晨，同一份报纸上刊载了以下这一条——此外什么都没有：

  耐人玩味——大家会注意到，吐温先生对在交趾支那作伪证一事保持了耐人寻味的沉默。

  （附注——在此后的竞选期中，这份报纸每次提到我时，竟不用其他名号，总是称我为"臭名昭著的作伪证者吐温"。）

接着是《新闻报》刊载了以下这一条。

  倒要请教——新州长候选人可否降尊纡贵，向某些市民（他们现在容许他参加竞选！）解释一下他在蒙大拿的那件小事：和他同住在一间小屋子里的几个伙伴不时遗失一些小件的贵重物品，到后来那些东西照例都是在吐温先生的身上或他的"行李箱"（指他用来包装随身什物的报纸）里发现了，因此他们认为有必要先向他进行善意的忠告，于是就给他涂上柏油、粘上羽毛，用根木杆把他抬走，①然后叫他把原

---

① 给被认为是有罪的人浑身涂上柏油、粘上羽毛，是一种私刑或污辱；让人跨在根木杆上，抬着游街示众，然后驱逐出境，也是一种羞辱性惩罚。

大作家讲的小故事

先那小屋子里通常占据的地方永远空出来。这件事他可以解释一下吗？

有什么造谣中伤还能比这更为居心险毒的吗？我有生以来就没去过蒙大拿。

（从此以后，这份报纸每谈到我时，总是习以为常地称我为"蒙大拿的小偷吐温"。）

谎言被揭穿了——根据五叉角区的迈克尔·奥福兰盖因先生、斯纳布·拉弗尔蒂先生以及沃特街的卡蒂·马利甘先生宣誓的陈述，现已证实：马克·吐温先生在他那篇下流无耻的报道中，说什么我们崇高的领导人布兰克·丁·布兰克已故的祖父因拦路抢劫而被处绞刑，这是全无事实根据、纯属恶毒诽谤的谎言，正义人士见他采取这样卑鄙无耻的手段，企图凭此攻击泉壤下的亡灵，玷污他们家族高贵的名声，从而让自己在政治上占上风，都为之寒心。当我们想到这样可耻的谎言必然会给死者清白无辜的亲友带来痛苦时，我们在激情冲动下几乎要唤起被触怒的受辱的公众立即对这恶毒中伤者采取不受法律约束的报复行动。然而，不！我们还是让他去受良心谴责的痛楚吧！（尽管如此，但如果公众出于义愤，在无名怒火的燃烧中给这造谣中伤者造成人身伤害的话，那么，对在这件事情上犯了错误的人，显然是没有任何陪审团能判他们罪的，是没有任何法庭能处罚他们的。）

这一句巧妙的结尾发挥了它的作用，它害得我那天夜里赶忙从床上爬起，从后门逃出，同时那些"被触怒的受辱的公众"则从前门一拥而入，他们义愤填膺，一路捣毁家具和窗子，临去时还顺手带走了他们能带的东西。但是,我能把手放在《圣经》上宣誓,我从来没造谣中伤布兰克先生的祖父,再说,直到那一天,我甚至从来没听人家向我谈到他,或者我向人家提到他。

(我这里顺便提一句,以上所说的那份报刊,此后每提到我时,总称我为"掘坟盗尸犯吐温"。)

以下是引起我注意的又一篇刊在报上的文章:

> 一位寻欢作乐的候选人——事先已安排好,昨晚马克·吐温先生要在独立党群众大会上发表一篇诋毁他人的演说,但他竟没准时出场!他的医生发来了电报,说他被一组脱缰马撞倒,他腿上两处骨折——受伤者正痛苦地卧病在床,如此如此,这般这般,以及许多这一类的胡说八道。独立党党员竭力要使人轻信这一托词,并假装不知道他们提名候选的这个自甘堕落的家伙缺席的真实原因。昨晚有人看见,某一个人喝得烂醉,跌跌撞撞地摸进了马克·吐温先生住的那家旅馆。独立党党员对此有无可推卸的责任,他们必须证明这个酒鬼并不是马克·吐温先生本人。这下子我们可逮住他了!这是一件无法回避的事。群众发出雷鸣般吼声追问:"那家伙到底是谁?"

一时不能令人相信,绝对不能令人相信,居然有这样的事,竟会把我的名字跟这样不光彩的嫌疑牵扯到一起。我已有整整三年没沾过一点儿麦芽酒、啤酒、葡萄酒或其他任何酒类了。

(当我说,我看到该刊物在它的下一期里始终不渝地封我为"发抖颤性酒疯①的吐温先生"时,——尽管我明知道,那报刊以

---

① 抖颤性酒疯。又称震颤性谵妄,指兴奋发狂病态,主要是由于饮烈酒致醉,病发时浑身出汗,惊恐不安,胡言乱语。

大作家讲的小故事

后将一成不变地把我这样叫到底——我并没受到良心谴责,这说明,那一时期对我起了多么大的作用。)

这时匿名信开始成为我收到的邮件的重要部分。像这种方式的信是司空见惯的:

那个正在讨饭时被你从尊府门口踢走的老太婆现在怎样了?

波尔·普里

再有这样的来函:

你干的那些事,有的虽然谁都不知道,但我知道。你最好还是掏出几张钞票,送给以下具名的先生,否则你将会在报上领教他的答复。

汉迪·安迪

这就是来信的用意所在。如果读者高兴听的话,我可以继续一一列举,直到大家听腻了为止。

不久,共和党的主要报纸"判决"我犯了大规模行贿罪,而民主党的权威报纸则将一件应加重处罚的敲诈案强行钉在我头上。

(就这样,我又荣获了两个称号:"肮脏的营私舞弊者吐温"和"可恶的向陪审员行贿的吐温"。)

这时响起了一片责难声,纷纷要求答复所有强加在我头上的可怕的指控,以致我党领导和党报编辑都说,如果我再这样沉默下去,那我的政治生活将被宣判死刑。仿佛要使他们的呼吁显得更加紧迫似的,第二天的一份报上出现了以下这样一段:

瞧瞧这个家伙——独立党的候选人仍保持沉默。这是因为他不敢申辩。所有对他的指控都已被充分证实，而且已被他本人意味深长的沉默一再表示承认，到今天，他被定罪后已永远不能翻案。瞧瞧你们这位候选人吧，独立党的负责人士！瞧瞧这位臭名远扬的伪证制造者！这位蒙大拿的小偷！这位掘坟盗尸犯！周密地考虑一下你们这位发抖颤性酒疯的化身！你们这位肮脏的营私舞弊者！你们这位可恶的向陪审员行贿者！盯着他看看——仔细地想一想——然后再说你们是否能将自己公正的选票投给这样一个家伙：他因所犯的丑恶罪行而赢得这样可怕的一大串头衔，而且不敢开口否认其中任何一个！

毫无办法摆脱这一困境，于是，我又羞又愧，开始准备答复一大批毫无根据的指控，以及卑鄙恶毒的造谣。但是我根本就没来得及完成这项工作，因为，就在第二天早上，又一份报纸再一次满怀恶毒，报道了一件新的恐怖案件，一本正经地指控我，说什么只因为一所疯人院挡住了从我家望出去的景色，我就纵火烧了它，连同里面所有的病人。这使我陷入恐慌。接着是指控我为了夺取财产而毒死了我的伯父，并迫切要求掘了他的坟开棺验尸。这一来可将我逼到了疯狂的边缘。除此之外，还控告我任育婴堂堂长时，雇用了一些落光了牙齿、已失去工作能力的老年亲戚管理伙食。

我的思想开始动摇了——动摇了。最后，党派间的仇恨对我进行的无耻迫害自然达到了高潮：几个刚在学步的小孩，多种多样肤色，衣着褴褛程度不一，经过教导，在一次公众集会上一起拥上讲台，抱住我的腿，唤我爸爸！

大作家讲的小故事

我屈服了。我扯下我的旗子投降了。我不够资格参加纽约州州长的竞选,于是我递上了取消候选人资格的申请书,痛心疾首地在它上面签上:您忠实的仆人,一度是一个正派人士,而今则成为:

I. P.,M. T.,B. S.,D. T.,F. C. 和 L. E.。①马克·吐温。

赏析与品读

资本主义的"自由"、"民主"等特色一向是很多人所向往崇敬的,然而真正的民主政治是怎么一回事呢?且听马克·吐温慢慢道来吧。这篇文章就是一个民主政治自由选举的纪录片,我们能清晰明白地看到,一个清白正直的老实人是如何在选举中变成了最不清白最不正直的罪人,当然他是"被变成"。

民主竞选成了资产阶级政客争权夺利的遮羞布,而所谓的言论自由就是污蔑、诽谤、攻击陷害,民众蒙在鼓里被愚弄,自由选举是一场自由地展示卑劣手段、无耻行径的闹剧。所以资产阶级政党在本质上同样不能反映人民的意志。

---

① 分别为Infamous Perjurer(臭名昭著的作伪证犯)、Montana Thief(蒙大拿的小偷)、Body-Snatcher(掘坟盗尸犯)、Delirium Tremens(发抖颤性酒疯的人)、Filthy Corruptionist(肮脏的营私舞弊者)和Loathome Embracer(可恶的向陪审员行贿者)等的首字母。

我如何主编农业报

● 带着问题读一读,你会收获更多 ●

1. "主编露出一副愁郁的、惶惑的、沮丧的表情"主编为何愁郁、惶惑、沮丧?
2. "我"用什么办法使农业报发行量增加到两万份?

大作家讲的小故事

我就任农业报临时主编一职时，心里难免感到有点儿不踏实。我就像一个新水手要去指挥一条大船时那样难免感到有点儿不踏实。但是当时我的处境迫使我不得不以追求薪金为目的。那份报纸的正式主编要去度假，于是我就接受了他所提出的条件，代理了他的职务。

一旦重新有了工作可做，我的心情痛快极了，整个那一星期里，我是越想越乐。我们的报纸付印了，我那天一直眼巴巴地等着，一心想要知道，我花费的那些心血是否吸引了读者们的注意。太阳快落山时，我离开了编辑室，聚集在底层楼梯口的一群人，有大人，也有小孩，不约而同，一下子都向两边分散开，给我让出了一条路，我只听见其中有一两个人说："瞧，那就是他呀！"这件事当然使我高兴。第二天早晨，我看到与昨天类似的一群人在底层楼梯口，有单独的，有成双的，都纷纷散开了，有的在这里，有的在那里，都一起站在马路上，站到街对面，兴致勃勃地留心看我。当我走近时，那群人就分散开来，向后退去，我只听见一个人说："瞧瞧他那双眼睛！"我只装作没看见自己吸引了他们的注意，但暗中却对此感到高兴，打算写一封信，把这情景告诉我的姑母。我登上那短短的一段楼梯，刚走近房门口，就听见一阵愉快的人语声和响亮的欢笑声，我推开了门，瞥见两个乡巴佬似的年轻人，他们一看见我，立即变得面色煞白，露出慌张的神情，然后哗啦一声响，两个人都冲到窗外去了。我大吃一惊。

过了大约半小时，一位老先生，胸前飘拂着一把长胡须，脸上带着一副文雅但又相当严肃的表情，走进了屋子，我招待他坐下了。看来他好像有什么心事。他摘下他的帽子，把它放在地上，然后从帽子里取出一块红绸手绢和一份我们出的报纸。

他把那份报纸放在膝上，然后，一面用手绢擦他的眼镜，一面

大作家讲的小故事

问我道:"你就是新任的主编吗?"

我说我就是。

"你以前主编过农业报吗?"

"没有,"我说,"我这是第一次尝试。"

"看来确是这么一回事。你在农业方面有什么实践经验吗?"

"没有,我想我没有。"

"我已经从直觉中知道了这一点,"老先生说,一面戴上他的眼镜,把他那张报纸折整齐了,然后带着一副粗鲁的神气,从眼镜上方瞪着我。"我想给你读一段报纸,肯定就是这篇社论使我产生了那种直觉。听着,看这是不是你写的:

萝卜决不可以拔,这样就会损伤它们。最好的办法是叫一个小孩爬上去,让他摇动那树。

"喂,你倒认为这几句写得怎样?——难道这真是你写的不成?"

"你认为这几句写得怎样?哦,我认为写得挺好嘛。我认为这是有道理的。我深信,单说是在这个村镇里,就有千百万蒲式耳萝卜,都由于在半熟的时候被拔起而糟蹋了,同时,如果人们叫一个小孩爬上去摇那树——"

"去摇你的祖奶奶!萝卜又不是长在树上的!"

"哦,萝卜不是的,不是那样长的,对吗?咳,谁又说萝卜是那样长的。之所以这样措辞,是为了要用比喻,完全是在用比喻呀。任何有一些常识的人都会明白,我的意思是说,那孩子应当去摇那藤①呀。"

---

① 似指萝卜的羽状叶,俗称萝卜缨子。

听了这番话，老人就站起来，把他那张报纸撕得粉碎，还在碎报纸上面踏了一阵，再用他的手杖砸碎了几件东西，说我所懂得的还不及一头牛多。然后他走了出去，随手砰地关上了门，总之，他那番举动使我想象到他是对什么事感到不满。但是，由于不知道那问题究竟出在哪里，我对他也就无能为力了。

刚过了不多一会儿，一个身材瘦长、模样像具死尸的人，他那一绺绺细长的头发一直披到肩上，那张七高八低的脸上留下了一星期没剃光的胡子茬，这人一下子冲进了门，突然间停下了，一动不动，手指放在唇边，躬身俯首，做出一副留心倾听的姿势。他听不出一点声响，他仍旧去听，仍旧没有声响。于是他就锁上了门，小心翼翼地踮起脚向我走过来，一直走到距离我不太远的地方，然后止住步，先十分关心地向我反复仔细地端详了一会儿，然后从怀里掏出了折叠好的一份我们出的报纸，说：

"瞧呀，这是你写的。读给我听听——快！救救我吧。我难受极啦。"

于是我开始读以下的文章。随着我逐句读出时，我可以看出他的情绪开始缓和，我可以看出他那紧张的肌肉放松了，脸上的焦急神情消失了，宁静与安逸悄悄地笼罩了他的面容，好似柔和的月光照耀在一片荒凉的景物上。

鸟粪[①]是一种优质的禽鸟，但是饲养时必须十分当心。不可以早于六月，或晚于九月，将其从产地输入。冬天应当将其安置在温暖的地方，可以让它在那里孵出小鸟。

我们今年的谷物收成肯定是晚的。因此农民最好是在七月

---

① 这里这位主编要写的可能是guanay，那是秘鲁产的一种鸬鹚，是鸟粪肥料的主要来源，但是他错写为guano，意思便成了鸟粪。

大作家讲的小故事

里,而不是在八月里,开始插他们的玉米秆,种他们的荞麦饼。

谈到南瓜嘛——这种浆果可是新英格兰内地人最爱吃的一种,他们认为,用来做水果蛋糕,要比用醋栗更好,他们还认为,它要比紫莓更为适宜于喂牛,因为它更能填饱牛的肚子,令其感到满足。南瓜是盛产于北方的柑橘科中唯一适宜于食用的,此外就只有葫芦和其他一两种倭瓜了。但是把它和灌木一起种在前院里,这种风俗很快就要过时,因为现在一般人都认为,将南瓜作为遮阳树来种,这办法可是失败了。

现在,当温暖的天气临近,公鹅开始产卵……

这人听得激动起来,他一下子向我跳过来跟我握手,说:

"好了,好了,这下子可好了。现在我总算知道我是正常的人了,因为你刚读出的那一段,逐字逐句,都和我原先读的一样呀。可是,朋友,今天早晨我第一次读到它的时候,我就心里想,尽管我那些朋友一直紧紧守着我,但是我绝对不相信他们说的那些话,可这一来我相信我肯定是疯了。一想到这里,我就发出一声狂吼,喊得连你在两里外也能听见,然后就要动手杀人——因为,你瞧,既然我迟早总要耍出那一招,所以还是趁早动手为妙。我又把其中的一段读了一遍,这样可以断定我的想法是否正确,接着我就纵火烧了我的房子,然后跑了出去。把好几个人打成重伤,把一个家伙吓得爬上了树,如果我要再惩治惩治他,尽可以去那儿把他揪下来。但是,走过这里的时候,我想应该先来拜访你,好将这问题彻底核实一下,而现在总算核实清楚了,我对你说,躲在树上的那家伙算他走运,否则我回去的时候,准会把他宰了。再见啦,先生,再见啦,你卸去了我心头的沉重负担。我的理智承受住了你那篇谈农业的文章给我施加的压力，现在我知道，此后无论什么事也不能再使我丧失理智了。再见啦，先生。"

我对这位先生乐于打伤人和烧房子的事感到有点儿不安，因为我不禁想到自己对那些举动多少起了一些推波助澜的作用。但是这些念头很快就被驱散了，因为这时候那位正式主编进来了！（我心里想，如果你能像我提议的那样去一趟埃及，那我就有机会露一手了，可是你却不肯去那儿，瞧你现在就回来了。我早就担心你会来这一套。）

主编露出一副愁郁的、惶惑的、沮丧的表情。

他视察了一遍那个老捣蛋鬼和那个年轻庄稼汉所造成的破坏，然后说："这是一件很糟糕的事——一件非常糟糕的事。瞧那胶水瓶被砸碎了，再有六块玻璃，再有一只痰盂，再有两个蜡烛台。但这还不是最糟的。这一来报纸的名声可就破坏了——而且，我担心，是永远破坏了。不错，以前从来不曾有这么多人要订阅这报，原先的发行量从来不曾像这样的大，而且从来不曾像这样出名——但是，难道你要靠疯狂出名，要以精神失常使业务蒸蒸日上不成？我的朋友，我是不会夸大其辞的，现在外面街上聚满了人，有的人还跨在围栏上，要等着看上你一眼，因为他们都认为你是一个疯子。而他们读了你写的那些社论，确实是有理由这样看待你的。那些社论给新闻界带来耻辱。咳，你脑子里转到了什么念头，竟然会编出这样的报纸？看来你对农业的基础知识一窍不通。你把犁沟和犁耙混为一谈①：你谈到了牛的脱角季节；你还主张驯养臭鼬，因为它们生性顽皮，最会捉老鼠！你又大发高论，说什么蛤蜊会保持安静，只要你同它们奏乐，我看这是多此一举——完全是多此一

---

① 英语中犁沟是furrow，犁耙是harrow，读音近似。

大作家讲的小故事

举。凭你什么举动,都不会打扰蛤蜊呀。蛤蜊是永远保持安静的。蛤蜊是毫不理会音乐的。哎呀,我的天呀,朋友!如果你将追求愚蠢无知作为你毕生研究的课题,那你完成学业的时候也不可能比现在这样获得更高的荣誉。我从来不曾见过有这样的事。你说,根据观察,你认为,七叶树的坚果,作为一种商品,正在不断地受到人们欢迎,这简直是存心要毁了这份报纸。现在我要你放弃这职位,离开这地方。我也不要再去度假了——即使我再有假期,我也没法享受了,肯定不能在你代替我的时候。对你下一步可能再提出的什么建议,我会永远捏一把汗。我每次一想到你以'造园艺术'为题讨论牡蛎养殖场,就受不了。我要你离开这里。无论什么理由也不能使我再去度假。咳!为什么你早先不告诉我,你对农业一无所知呢?"

"要我告诉你,告诉你这个玉米秆子,你这棵卷心菜,你这个花菜秧子吗?我可是第一次听到你这样麻木不仁的讲话。我告诉你:我从事编辑这一行,前后已有十四个年头,这还是第一次听说,编报纸需要掌握一些什么知识。你这个萝卜头!是谁在给那些二流报纸写剧评?咳,还不是那一伙拔尖儿的鞋匠、一伙药剂师的学徒,他们对如何演好戏剧,并不比我对如何种好庄稼懂得更多呀。是谁在写书评?是那些从来不曾写过一本书的人。是谁在写那些有关财政的重要社评?恰巧就是那些对财政一窍不通的人。是谁在批评那些攻击印第安人的战役?是那些先生们,他们连'呐喊'和'窝棚'两个字①的区别都不知道,他们从来不曾提着一把印第安战斧奔跑,或者从他们几个家属的身上拔出箭来,晚上用它们烧旺一堆营火。是谁写那些呼吁禁酒的呈文,大声疾呼不可以酗酒

---

① 呐喊,原文为war-boop,指印第安人作战时发出的呐喊声;窝棚,原文为wigwam,是印第安人用兽皮、席子和树枝搭成的圆顶棚屋。两字字形有相似处。

的？就是那一些家伙，他们在进入坟墓之前，是不会有一天不喝得酒气熏人的。是谁在编农业报，是你——不就是你这个山芋吗？在一般情况下，那些人从事写诗这一行业失败了，写黄色小说失败了，写情节耸人听闻的剧本失败了，编本埠新闻又失败了，最后才退到编辑农业报这条线上，这样暂时可以不致进贫民所。你竟然要教我一些有关报纸行业的事！阁下，我精通这一行，从阿尔发到奥马哈①，我告诉你：一个人知道的越少，他的名气就越大，而他的薪金也就越高。天知道，要是我愚昧无知，而不是受过教育；要是我举动莽撞，而不是这样拘谨，我就会在这冷酷无情、自私自利的世界上一举成名。我告辞了，阁下。既然我受到你这样的待遇，我愿意离开这里。但是，我已经尽了自己的责任。在许可的范围内，我已经履行了我的合同。我曾经说，我能使你的报纸投合所有各界人士的兴趣——这一点我已经做到了。我还说，我能将你的发行量增加到两万份。如果让我再主编两星期，我是会做到这一点的。再说，我原可以让你的报纸拥有农业报从来不曾有过的那种最高级的读者——其中没有一个是农民，其中不管是哪一个，无论怎样也分不清一株西瓜树和一条桃子藤。这一次决裂，损失的是你，而不是我，大黄②。再见啦。"

于是我离开了那里。

---

① 阿尔发Alpha是希腊字母表中的第一个字母，奥米加Omega是最后一个字母，"从阿尔发到奥米加，"意思是"从头到尾"，或彻底精通之意。这里将Omega说成了奥马哈Omaha，即一个美国城市名。

② 可以入药的大黄，这里显然用做骂人话。

大作家讲的小故事

赏析与品读

马克·吐温是个刻薄的天才，他知道如何给人以最沉重的打击，就像这篇文章，虽然总是被当做纯粹幽默搞笑的作品，但实际上却是对新闻记者最严厉的抨击。全篇的主题在最后一段他对主编的教训中表现得十分透彻。一个记者是否成功，与传递了什么信息、教导了什么知识、传播了什么理念无关，只与销量有关。你可以信口开河，你可以胡说八道，你可以装疯卖傻，只要有销量，就是成功（正如作者在故事上做的一样）。

马克·吐温本人做过十四年的新闻记者，他无比了解这个行业，包括它的黑暗和丑陋，所以才做出了这样激烈的淋漓尽致的批判。

一张百万英镑钞票

● 带着问题读一读,你会收获更多 ●

1. "兄弟说,他愿拿出两万英镑来打赌,保那个人至少能靠那一张百万英镑钞票维持生活三十天,而且不会因此坐牢。哥哥同意跟他打赌"这次打赌谁赢了?
2. 亨利如何获得了二十万英镑的存单?

大作家讲的小故事

我二十七岁那年，在旧金山给一个矿山股票市场经纪人当雇员，熟习了股票交易的详细情况。我虽然在社会上是孑然一身，但有的是灵活的机智和诚实的信誉，而这些特点将会使我踏上最后成功之路，因此我对自己的前途满怀信心。

每逢星期六下午收市后，那时间就可以由我自己支配，我总习惯于驾驶一条小帆船，在海湾里邀游，以此消磨空闲时光。有一天，我冒险行驶得太远，被风浪带到了大海上。后来夜幕降临，我正陷入绝望时，一艘驶往伦敦的小双桅横帆船搭救了我。此后是一次历经风暴的长程航行，船上的人让我充当一名普通水手，以劳动代替旅费。等我抵达伦敦时，我的衣服已经又脏又破，口袋里只剩下一块钱。这点儿钱仅够我支付二十四小时里的膳宿费。再往下的二十四小时里，我就没东西吃，也没地方住了。

第二天早晨，十点左右，我衣衫褴褛，腹内饥饿，沿波特兰街一路往前蹓，这时一个由保姆牵着的小孩经过那里，把一只甜美多汁的大梨——已经咬掉了一口——扔在一条明沟里。我当然止住步，一双贪婪的眼睛直瞪瞪地盯着那泥污的宝货。它引得我馋涎欲滴，饥火中烧，恨不得要为它向人进行乞讨。但是，我刚走过去，要拾起它，一个过路人的眼睛已觉察出我的用意，这时我当然挺直了身体，装出一副满不在意的神气，表示自己压根儿没去打这只梨的念头。此后同样的情形一再出现，但我到底还是不能拾起那只梨。最后我刚准备不顾一切，将羞耻置之度外，去把它捞到手里，可就在这时候，我身后面的一扇窗推开了，一位先生向窗外说：

"请进来。"

一个衣冠楚楚的男仆将我让进去，领到一间富丽堂皇的房间里，那儿坐着两位年长的绅士。他们打发开仆人，让我坐下，原来这时他们刚用完早餐，我一看到那些剩下的茶点，几乎无法克制自己。面对着那些美味，我简直难以保持自己的理智，但没人请我去品尝它们，我只得竭力熬住那难以忍受的食欲。

原来，不久前那里刚发生一件事，那件事当时我一点儿也不知道，直到此后又过了许多日子我才获悉。但是，就让我这会儿先说给诸位听了吧。原来那两位老弟兄两天前曾经对一个问题争论得相当激烈，最后同意采取打赌的办法来决定谁是谁非，这种办法正是英国人用来解决一切争端的。

诸位总记得，有一次英格兰银行发行了两张钞票，每一张的面额是一百万英镑，那是为了特地用来与某国进行一笔政府间的交易的。后来，由于某种原因，只用了其中的一张，并将其注销，另一张仍保存在银行的金库里。这弟兄俩一次闲谈时，无意中忽然想到：如果有一个十分诚实而又聪明的外乡人，一时流浪到了伦敦，当地没一个朋友，身边没一文钱，但有了那一张百万英镑的钞票，可又没法说明那张钞票是属于他所有的，那他此后的遭遇又会怎样呢？哥哥说，他会饿死；弟弟说，他不会那样。哥哥说，他不可能到银行或任何其他地方去兑现，因为那样他当场就会遭到拘捕。于是他们继续争论不休，直到后来兄弟说，他愿拿出两万英镑来打赌，保那个人至少能靠那一张百万英镑钞票维持生活三十天，而且不会因此坐牢。哥哥同意跟他打赌。弟弟去到银行，兑回了那张钞票。你瞧，英国人就是那种作风，他们豪迈到了极点。接着，他就口授了一封信，由他的一位文书用优美的书法端端正正地写好了，然后弟兄俩在窗口坐了一整天，等待发现一个合格的人选，好把那信交给他。

他们看到许多人走过去，其中有的外貌很是诚实，但显然不够聪明，有的看来是聪明的，但又不够诚实，也有许多人，看来既诚实又聪明，但他们又不像是穷到那个地步，或者，虽然是够穷的

大作家讲的小故事

了，但又不像是外乡人，总有一点不足之处。直到我走过来，他们这才一致同意我符合所有的要求。于是他们不谋而合，都认为应当选用我，就这样，我才会去到那里，在那里等着要知道为什么被召唤了去。他们开始向我提出一些有关我的问题，很快就知道了我的来历。最后他们告诉我，说我符合他们的要求，能帮助他们达到某一目的。我说我对此由衷地高兴，问那是什么任务。于是他们其中的一位递给我一个信封，说我可以在它里面找到说明。我刚要拆开信封，他又叫我不要拆开，要我把它带回我的住所，再仔细地去看，不必匆忙和轻率。我迷惑不解，想要再和他们稍许讨论一下这件事情，但是他们不肯。于是我只得告辞，感到自己受了委屈和侮辱，分明是做了他们开玩笑的对象，然而又不得不咽下这一口气，在这种情况下我无法对有钱有势的人物的轻蔑表示愤慨。

  这时我真想再去拾起那只梨，当着众人给吃了，可是它已经不见了，所以，由于这件倒霉的事，我终于丧失了它，于是，一想到这件事，我对那两人的厌恶感就无法缓和下来。一走到再也看不见那幢房子的地方，我就拆开了那信封，看到了那里面的钱！可以对你说，这时候我对那两个人的看法就改变了！我毫不怠慢，立即把里面那张便条和钱揣进我的坎肩口袋，直奔最近的一家廉价饭店。哎呀，瞧我那一顿吃呀！最后，直到我再也吃不下了的时候，才掏出了我那张钞票，展开了它，只朝它瞥了一眼，我差点儿昏倒过去。那是五百万美元①呀！哎呀，我一下子晕头转向了。

  我愣坐在那里，眨巴着眼瞅那张钞票，足足有一分钟之久，然后才又清醒过来。那时我第一个注意到的就是那位饭店老板。他注视着那张钞票，已被吓呆。他显出那副极度崇拜的神气，但看来他

---

① 当时一英镑约合五美元。

的手脚都已没法动弹。我立即见机行事,做出当时我唯一能够做的合乎情理的事。我把那张钞票向他递过去,漫不在意地说:

"请找钱给我吧。"

这时他才恢复正常,再三地向我道歉,说他没法兑开那张钞票,而我更无法使他碰一碰它。他只是要看它,而且要继续地看它,好像怎么也没法把它看一个畅快,只想能饱一饱他的眼福,但同时又竭力躲开了它,害怕碰到了它,好像它是十分神圣的,是可怜的尘世间凡人不配用手拿的。我说:

"很对不起,我给您带来了不便;可是我非麻烦您不可。请给我找一找吧;除了这个,我没零的啦。"

但是他说这没关系;他非常乐意把这小数目挂在账上,等下次再付。我说我可能有好长一个时期不来他这一带地方,但是他说这无关紧要,他可以等下去,而且,我可以点我要吃的任何菜肴,随我任何时刻光顾,随我把账挂上多久。他说他绝不会因为我生性喜欢取乐,为了给人们开玩笑,爱故意不修边幅,他就不信任像我这样的一位大阔佬。这时另一位顾客走进来了,饭店老板暗示我藏起那个怪物,然后一路鞠躬将我送出了门,于是我就去找那所住宅和那两位弟兄,以便趁警察来追捕我之前,纠正刚才他们造成的错误,帮助我解决这一问题。当时我相当紧张;其实我那样惊慌是多余的,因为错误并不出在我这一方面,然而,我最了解一般人的习性,知道他们发现自己把一张面额百万英镑的钞票当做一英镑的钞票付给了一个流浪汉时,他们是不会按理责怪自己看花了眼,而是会向那流浪汉大发雷霆的,我的紧张心情开始缓和下来了,因为那里一切都很平静,这使我感到心里很踏实,相信那错误还没被发现。我按了门铃。仍旧是那个仆人走出来。我要见那两位先生。

"他们走了。"口气既高傲又冷漠,恰像他那一类的人物说的。

大作家讲的小故事

"走了？上哪儿去了？"

"去旅行。"

"可是，到底是去哪里了？"

"我想，是去大陆吧。"

"去大陆？"

"是呀，先生。"

"是向哪一面去的——走的是哪一条路线？"

"这我可说不上来，先生。"

"他们什么时候回来？"

"过一个月，他们说。"

"过一个月！哎呀，这可糟了！你多少要让我知道怎样寄封信给他们。这件事太重要了。"

"这我真的办不到。我不知道他们去了哪里，先生。"

"那么我无论如何要见他们家里的人。"

"家里的人也都走了；去国外几个月——我想，是到埃及和印度吧。"

"朋友，出了一个极大的错误。我想他们天黑前会回来的。是不是请您告诉他们，说我已经来过这里，而且以后还要继续来这里，直到这件事被完全处理好了，叫他们不必为它担心？"

"如果他们回来了，我会告诉他们的，但是我估计他们不会这样快就回来。他们说一小时内您会来这儿打听一件什么事，说我必须告诉您：那件事并没弄错，他们会准时回到这里，等候您来。"

这样，我只好不再往下打听，终于离开了那里。这一切是一个多么令人难解的谜啊！我简直被它闹糊涂了。他们会"准时"回到这里。这会是什么意思？哦，也许那封信里会说明这一切。我已经把那封信忘了；我取出了信，开始读它。信里是这样写的：

您是一位既聪明又诚实的人，这可以从您脸上看出。我们设想，您很穷，而且是一个外乡人。信内附有一笔钱。我们把它借给您三十天，不计算利息。到期请到这里来谈谈事情的经过。我是借用您来打一次赌。如果我赢了，您就可以获得任何一个在我权力以内所能授予的职位——所谓任何一个职位，意思是指您证明自己通晓并能胜任的那种职位。

信上没有签名，没有地址，没有日期。

哎呀，这一来麻烦可大了！现在诸位已经了解此前事情的原委，但是当时我并不知道。对我来说，那完全是一个深奥难解的谜。我对人家所玩的把戏一无所知，也不知道这将对我带来危害，还是怀有善意。我走进了一个公园，在那里坐下来，试图思索出一个答案，考虑应当如何对付它。

思考了一个小时，我的推理终于得出以下的结论。

也许那两人是要向我行好，也许他们是要对我使坏；这一点没法断定——就随它去吧。他们是要耍一个什么花招，或者使一条什么诡计，或者进行一次什么试验；没法断定那是什么——就随它去吧。他们拿我来打一次赌；没法知道那是怎样赌法——就随它去吧。这样一来，就排除了那些无法肯定的因素；这件事剩下的部分倒是明确的，是有根有据的，可以看做是毫无疑问的。如果我要英格兰银行将这张钞票存入所有者的账户，他们是会照办的，因为，我虽然不知道那个人，但他们应当知道他；可是他们会问我，我是怎样得来这张钞票的，如果我说了实话，他们必然会把我送进疯人院，而如果我撒谎，他们就会把我关进监牢。如果我试图去任何地方把那张钞票存进银行，或是用它抵押借款，也会落到同样的下场。不管我是否情愿，我不得不肩负这一无比沉重的负担，直到那

大作家讲的小故事

两个人回来。钞票对我毫无用处,就像一撮尘土那样对我毫无用处,然而,在我乞讨为生的时候,我必须好好当心它,必须保管好了它。即使我想脱手,我也不能把它赠送给人,因为,不论是正直的人士也好,是拦路抢劫的强盗也好,凭什么他们也不肯接受它,或者沾惹它。那两个弟兄却不愁会遭到任何损失。即使我丢了他们的钞票,或者把它烧了,他们仍然不会受到损失,因为他们可以吩咐止付,而银行就会不让他们少一毛钱;然而我同时既领不到工资,又得不到其他什么好处,必须白白地受一个月的活罪——不管他们赌的是什么,我必须帮着其中一个人赢了那一场打赌,并像他们答应我的那样,去担任那个职位。那种职位我倒是乐意担任的;像他们那样的人物,有权委任的那种职位总是值得接受的。

我开始反复思考那个职位。我的奢望越来越高。那薪金肯定是优厚的。再过一个月,我就开始领薪金了;此后我就有好日子过了。不一会儿我已感到心情十分愉快。这时我又踏着沉重的脚步在街上闲荡。我一眼看见一家服装店,不禁渴望剥去身上的破烂,重新穿上一套整齐像样的衣服。我买得起衣服吗?不成;除了那一张百万英镑的钞票外,我身上根本没钱。于是我无可奈何地走了过去。但是不久我又不由自主地踱回来。那一阵诱惑痛苦地折磨着我。在一场激烈的思想斗争中,我肯定在那家店门口来回走了六趟。

最后,我再也无法坚持下去了;再说,我也不得不如此。我进去问一个店员,店里是否有做得不合身、待处理的衣服。被我问到的那个人并不答我的话,只向另一个人点了点头。我朝他所指的那个人走过去,他又把他的头向另一个人点了点,也是一语不发。我向那个人走过去,他说:

"我这就来。"

我一直等到他把手头的事处理完毕,他这才将我领进一间后房,去翻那一堆客人拒收的衣服,给我挑出了其中一套最差劲的。我穿上了那套衣服。它并不合身,而且一点儿也不好看,但它是新的,而我又急于要有一套衣服;所以我并不挑剔,只吞吞吐吐地说:

"是不是可以通融一下:稍许再等几天付款。我身边没带零钱。"

那家伙做出一副最鄙笑的神情,说:

"哦,你没带吗?啊,那还用说,我就没想到你会带。我早就知道,像你这样的绅士总是带大票的呀。"

这句话可把我惹恼了,我说:

"朋友,你不该老是单凭一个外乡人穿的衣服来判断他的身份。我完全付得起这套衣服的钱;我只是不愿意叫你兑开大票,给你添麻烦。"

他听了这话,稍许改变了他的态度,虽然仍旧带着那么一点儿自信的神气说:

"我并没有存心开罪你的意思,但是,如果是为了这种事情受到指责,那么,我敢说,你不该轻易作出这样的结论,认为我们的店不能兑开你身边带的什么大票子。恰恰相反,我们能够兑开它。"

我把那张钞票递给他,一面说:

"哦,那很好;我这里向您道歉啦。"

他接过钞票时一笑,是那种大幅度的笑,笑容在整个脸上泛开了,内中包含有褶痕、皱纹和螺旋形,那样儿就好像是你把一块砖扔进池塘后的水面;而紧接着,就在他向钞票一瞥的时候,那笑容就僵滞住了,面色泛了黄,就好像你在维苏威火山坡的小片平地上看到的那些四下散布开了、已经凝固起来的波纹状的、蛆虫般的熔岩。我此前从来不曾见过笑容会那样停滞住,而且永远僵化在脸

大作家讲的小故事

上。那人站在那儿,手里拿着那张钞票,就那样紧瞅着它,店主人忙赶过来,看发生了什么事故,一面轻松自在地说:

"喂,发生了什么事呀?有什么问题?缺少了什么?"

我说:"没什么问题。我在等我的找头。"

"喂,喂;把他的找头给他呀,托德;把他的找头给他呀。"

托德回应道:"把他的找头给他!说得倒轻巧,老板;你倒来瞧瞧这张钞票。"

老板只一看,就轻声打了个嗯哨儿,这充分表达了他的感情,接着他就朝那一堆顾客拒收的衣服扑过去,开始把它们四面一阵翻动,一面仿佛是在自言自语,不住激动地说:

"把那样一套糟透了的衣服卖给一位古怪脾气的百万富翁呀!托德是一个笨蛋——一个十足的笨蛋,老是做这样的事。把所有的百万富翁都打这儿赶走了,因为他不能分清一位百万富翁和一个流浪汉,永远也别想能分清他们。啊哈,这一套才是我要找的。请脱了这些衣服,大人,把它们扔到火里烧了吧。请穿上这一件衬衫,再有这一套衣服;这才是配您穿的,这正是您需要的——又朴素,又气派,又大方,穿上简直像一位公爵那样高贵;这原来是一位外国亲王定做的——也许您也认识他,先生,就是哈利法克斯国的尊贵的殿下;他不得不把这套衣服留在我们店里,另外制了一套丧服,因为他的妈妈快死啦——可是,结果她又没死。那没关系;我们不能叫所有的事情都按照我们的……我的意思是说,都按照他们的意思安排——你瞧!裤子完全合适,搭配得漂亮极了,先生;再试试这件坎肩,啊哈,又是恰巧合适!再试试这件上衣——我的天哪!你瞧瞧,好极啦!真是十全十美呀——全身的衣服!我干了一辈子这行当,没一次像这样成功。"

我表示满意。

"好极啦，先生，好极啦；我敢肯定说，它可以暂时让您凑合着穿了。可是，您再等着瞧我们怎样照您的尺寸给您做上一套。喂，托德，准备好了簿子和笔；赶紧记下来。腿长，三十二……"再有其他的尺寸。还没等我插话，他已经给我量好了尺寸，吩咐定制燕尾服、晨礼服、衬衫，以及其他各式衣服。后来，一候到了机会，我就说：

"可是，好掌柜，我不能定下这些衣服，除非您能没限期地等我付现钞，或者这就给我兑开那张钞票。"

"没限期地！这话说得太委婉了，先生，太委婉了。应当说永远等下去——那才是您该说的，先生。托德，快把这批订货赶制好了，然后把它们送到这位先生的公馆里去。可别耽误了时间。就让那些小主顾等着吧。记下这位先生的住址，然后——"

"我这就要搬家了。还是让我以后再来，留下我的新地址吧。"

"那敢情好，先生，那敢情好。等一等——让我送您出去，先生。好吧——再见啦，先生，再见啦。"

嗐，难道你们还会想象不到此后必然要发生的事情吗？我当然会那样不由自主地去买任何我要买的东西，然后叫人家兑开那钞票找钱。不到一星期，我已不惜重价，备置了所有舒适生活中所需要的各式用具和奢侈装饰，住进了汉诺佛广场一家高级的豪华旅馆。晚饭我在那里吃，但是早餐我仍去自己念念不忘的哈里斯的那家小饭店，我曾经在那里用我那张百万英镑钞票吃我的第一顿饭，而这一来我就让哈里斯交上了好运。因为这一条新闻四下里传播开了，说什么那个坎肩口袋里揣着一张百万英镑钞票的外国怪人是那家饭店的保护神。单凭这一条新闻就足够了。原来那么一个寒酸可怜的、难以维持的、朝不保夕的小买卖，一下子就名气大振，顾客们蜂拥而来。哈里斯十分感激，于是就死乞白赖地要借钱给我花，

大作家讲的小故事

并不许我拒绝,于是,我这样一个穷光蛋就有钱可以随意挥霍,过着富豪和大人物的生活。我明知道这件事迟早要败露,然而现在我已经落了水,势必一路游了过去,否则就会淹死。你瞧,我的处境原来完全是滑稽可笑的,但只是由于我存有那种大难即将临头的预感,它就呈现出严峻的一面,惊心的一面,悲惨的一面。于是,每到夜里,在黑暗中,那悲剧的一部分总是会占了显著的地位的,总是在警告我,恫吓我;于是我就痛苦地呻吟,翻来覆去,没法入睡。可是,一到了令人欢欣的天亮,那悲剧的成分就暗淡和消失,而我又变得趾高气扬,可以说是快乐到了晕头转向、如醉如痴的程度。

再说,这也是出于自然;因为这时我已成为世界第一大都会里的头号风头人物,这就使我变得得意忘形,并且不是那么一丁点儿得意,而是十分地得意。你只要拿起一份报纸,不论那是英格兰的,苏格兰的,或是爱尔兰的,你就会看到一两则有关那"坎肩口袋里揣着百万英镑的人"的报道,介绍他最近的行动或谈话。起先,在这些报道中,我是被列在《人物琐闻》栏的最后面;后来,我被列在勋爵们以上了,再后来,我被列在从男爵以上了,再后来,被列在男爵以上了,就这样,随着我出风头的程度递进,不停地逐步上升,直到我升到了最高的地位,而且从此保留在那个地位,超越了所有非王族的公爵,以及除英格兰大主教而外所有的宗教界人士。可是,请注意,这并不是什么美好的声誉;直到那时为止,我只不过是一个风头十足的人物。后来发生了一件令我一举成名的事情——有如骑士受封号的盛典——一刹那间它将易遭毁弃的废料般虚名幻化成为永不变质的黄金般荣誉:《笨拙周报》[①]上刊

[①] 一份伦敦幽默刊物。

登了形容我的漫画！可不是，这一来我是真正地成名了；我的地位稳固了。虽然我仍旧会被人们取笑，但那种取笑却是含有敬意的，不是肆无忌惮的，不是粗野无礼的；人们只会向我粲然一笑，再不会向我嘻嘻哈哈大笑了。我受那种待遇的时代已经一去不复返了。《笨拙周报》把我画成了一个身上破布烂巾飘飘荡荡的人物，正在讨价还价跟伦敦塔的看守做一笔小交易。哎呀，你可以想象一下，一个年轻人，以前从未被人注意到的，现在，突然间，只要说出一句什么话，就会被人们到处引用和再三重复；只要一动身外出，就会听到人们互相转告，说什么："瞧呀，他走过去了；那就是他呀！"只要一吃早餐，就会有大群的人瞅着他；只要一在歌剧院的包厢中露面，就会有千百只长柄眼镜式的望远镜的火力集中在他身上。哎呀，我简直是整天都沉浸在一片颂扬声中——总之，就是这么一个情况。

要知道，我甚至仍保留着我那一身破烂的旧衣服，时不时穿着它外出，为的是要再享受一次以前的那种乐趣：去买一些小零碎，遭到人家的侮慢，然后取出那张百万英镑的钞票，把那家伙吓得半死。但是，我不能继续耍那一招了。画报让人们都熟悉了这一身打扮，我一穿着它出门，人们就会立即认出我，于是就成群结队地尾随着我，如果我要买什么东西，还没等我向店主掏出那张钞票，他已经请我赊购整个店里的货物了。

大约就在我一举成名后的第十天，我按照常规去履行一个外侨的职责，去拜会美国公使。他以符合于我当时的身份的热情接待了我，怪我不该去得那么晚，说我只有一个办法可以获得他的谅解，那就是，在那天晚上去赴他的宴会。原来有一位客人病了，空出了一个席位。我接受了邀请，然后我们开始闲谈。原来他和我父亲是童年时代的同学，后来又是耶鲁大学里的同学，直到我父亲去世

大作家讲的小故事

前，两人一直是最好的朋友。于是他要我一有闲空就去他家，我当然非常愿意去。

说真的，我不仅是愿意去而已；我真的是高兴去。一旦事情坏了；也许他有办法使我不致彻底毁灭；我不知道他能怎样挽救我，但是也许他会想出一个办法。现在看来已经为时过晚，我不敢把所有的经过全部告诉他，我在伦敦干下的这件离奇古怪的事，应当在一开始的时候就赶快向他和盘托出的。不，现在我可不敢冒险向他吐露真情了；我已经陷得太深了；我的意思是说，陷得十分深，以致我不能冒险向一个新交的朋友吐露一切，尽管，照我自己看来，并没完全陷到我无力自拔的那种深度。因为，你瞧，虽然我一再借贷，但是我总是很谨慎地量入为出——意思是说，并不超过我的薪金所得。我当然还没法知道将来我的薪金究竟会有多少，但是我有充分可靠的根据，估计它大概会有多少，那就是：如果我让人家赢了那场打赌，我就可以选择任何一个那位老富翁能委派的职位，只要那是我能胜任的——而我肯定能表现出自己能胜任；对于这一点我可是毫不怀疑的。至于那一场打赌吗？我也不必为它担心；我一向都是走好运的。再说，我估计那薪金是每年六百到一千英镑；比如说，第一年是六百英镑，此后逐年增加，直到后来由于我能力的表现而加到一千英镑。虽然人们都竭诚地要借钱给我，但是我都用种种借口婉言谢绝了多数人；所以，在我所欠的债务中，只有三百英镑是借来的现款，其余三百英镑则是我支付生活费用和赊账购买物品所欠的钱。我相信，靠我第二年的薪金，就足够我度过这一个月其余的日子，只要我小心在意，节省地花费，而我是准备十分小心地注意到这一点的。只要我那一个月的期限一结束，我的后台老板从外地归来，我又一切恢复正常，因为那时我就可以马上将两年的薪金分期摊还给我的债主，然后立即开始我的工作。

那天共有十四个人参加的晚宴是很愉快的。肖尔迪奇公爵和公爵夫人、他们的女儿安妮-格雷斯-埃莉诺-赛莱斯特……德·波恩夫人、纽盖特伯爵和伯爵夫人、奇普赛德子爵、布莱斯凯特爵士和爵士夫人,几位没有头衔的男女来宾,公使跟他的夫人和小姐,以及他女儿的一位来做客的朋友,那是一位二十二岁的英国少女,名叫波琪亚·兰厄姆,我在两分钟内对她一见钟情,而她也爱上了我——这一点我没戴眼镜也能看出。此外再有一位客人,一个美国人——瞧这里我把原先打算留在后面说的故事倒先给说出来了。当时大伙仍在客厅里,一面准备放开肚皮大吃一顿,一面冷眼旁观那些后到的客人,佣人来回说:

"劳埃德·黑斯廷斯先生到。"

刚做完那些例行的客套,黑斯廷斯就一眼看见了我,立即热情地伸出了手;但是,刚准备和我握手时,又突然愣住了,露出一副窘促的神气问:

"对不起,先生,我还以为我认识您呢。"

"啊,你当然认识我了,老朋友。"

"不。难道您就是那个——那个——"

"就是那个'坎肩口袋里揣着钱的怪人'吗?我就是他,没错儿。你就尽管叫我的绰号吧;我已经习惯了。"

"嗯,嗯,嗯,这可是一件意料不到的事情。我有一两次看到你的名字和那个绰号并列在一起,可是我怎么也不会想到,你就是人家提到的那个亨利·亚当斯。哎呀,不到六个月前,你还在旧金山给布莱克·霍普金斯当雇员,除了拿那固定的薪水,还要熬夜加班。领一点额外津贴,帮着我一同整理和核对古尔德与柯里矿业扩展公司的单据和统计资料。真没想到你会到了伦敦,成为一位头号百万富翁:一位红得发紫的知名人士呀!啊呀,《天方夜

大作家讲的小故事

谭》里的故事又重演了。伙计,这种事叫我根本没法理解;叫我根本没法相信那是真的;给我一些时间,让我平息一下脑子里的这一阵乱吧。"

"实际上,劳埃德,你并不比我更糊涂。我自己也没法相信那是真的。"

"哎呀,这真叫人惊奇,你说是吗?哎呀,离开今天刚三个月,那一天咱们去矿工饭店——"

"不对,是喜临门饭店。"

"对,正是喜临门饭店;是夜里两点去到那里,是为了整理矿业扩展公司的那些单据,苦干了六个小时,然后去那里吃了排骨和咖啡,当时我竭力劝你和我一起去伦敦,我愿意去为你请假,并为你支付所有的费用,而且,如果我生意能成功,再分给你一些利润;可是你不肯采纳我的主意,说我不会成功,你不能中断了那里的工作,等到将来回去后,不知道再要花上多少时间,才能重新熟习那些业务。可是,瞧你现在来到了这里。这件事多么奇怪!你怎么会来到这里的,究竟是什么使你交上了这样令人难以置信的好运呀?"

"哦,完全是出人意料的事情。说来也话长——可以说,它好像是一部传奇。我会从头到尾说给你听的,但不是现在。"

"那要等到什么时候呢?"

"要等到这一个月结束了。"

"那还得再等两个多星期哩。这样说得我这好奇的人热辣辣地扔不下它。提前到一星期吧。"

"那不行。过后你会知道的。现在且谈谈那桩买卖做得怎样了?"

他那喜滋滋的神情一下子就消失了,他叹了口气说:

"当时你真是未卜先知呀,哈尔①,你真能未卜先知。我真希望没到这儿来。我不想再去谈这件事了。"

"可是你必须谈它。今天晚上,咱们等这儿散了以后,你一定要去我那儿,在那儿过夜,把全部经过都告诉我。"

"哦,我可以这样吗?你当真要我这样吗?"说到这里,他不禁热泪盈眶。

"这真叫我感激不尽呀!在此地经历了一切后,我居然又一次从人家的语气里,从人家的眼光里,发现了人情味,他表示关心我和我的私事——天哪!为此我能拜倒在地!"

他紧握住我的手,而这一来,就又显得精神奕奕,又显得心情舒畅、兴致勃勃,准备去就餐了——但是,筵席并没有摆出来,没有;常常会出现这种情况,按照那种可恶的、恼人的英国陋规,它常常会出现——那就是,你无法解决安席的次序问题,因此也就无法摆好筵席。英国人每逢赴宴之前,总是自己先吃饱了再去,因为他们知道自己可能要冒的风险;然而谁也不去警告外乡人,于是那些外乡人就会心中无数,落进圈套。这一次当然没人吃到那种苦头,因为我们此前都赴过宴,除了黑斯廷斯而外,我们都是一些过来人;幸亏公使在邀请他的时候,已向他说明,由于考虑到英国的习惯,主人并没有准备什么筵席。于是每一位男士挽着一位女士,列队走向餐厅,原来这是例行的一套程序;可就在这当儿发生了争执。肖尔迪奇公爵要领头走,要去坐首席,一口咬定,他的头衔甚至高于公使,公使所代表的是一国的国民,而不是一国的国王;但我坚持我的主见,怎么也不肯让步。在报纸的杂谈栏中,我被列在所有非王族的公爵之上,既然如此,我就坚持要排在这一位的前

---

① 亨利的昵称。

大作家讲的小故事

面。这场争执当然无法解决,我们都各持己见,他最后(在这一点上,他可是缺乏自知之明)试图耍出他的出身和祖辈那一招,而我已经"看准了"他的那一位征服者①,于是就"举出了"亚当②来将他压倒,我的姓氏说明我是亚当的直系后代,而他的姓氏,以及那些近代的诺曼底血统,则说明他是出自一个旁系;于是我们大伙又列队回到客厅里,来了一次立餐——一盘沙丁鱼和一份草莓,各人找一个伙伴;一同站着吃。在这种情况下,恪守身份等次的信条并不十分严格;地位最高的两个人各自抛一枚先令,赢了的先去吃他的草莓,而输的则收下那枚先令。接下去是另两个人抛一枚先令,再后来又是另两个人,就这样一路顺序地抛了下去。用完便餐后,摆开了桌子,我们一起玩克里比奇③,每盘赌六便士输赢。英国人是从来不为取乐而玩牌的。如果他们不能赢到几个钱,或者输掉几个钱——同时对输赢倒又是一件无所谓的事——他们是不会去玩牌的。

　　那天过得十分愉快;至少我们俩,兰厄姆小姐和我肯定是如此。我已为她神魂颠倒,以致一手牌里如果有了两个以上的顺子,我连它们的分数都计算不清;而当我打出了一张分数多的好牌时,我竟然会没能发现它,又翻出了入局前的第一张牌,几乎每次都是这样输了,幸亏那姑娘也是如此,你瞧,她的情况完全与我相同;结果是我们俩谁也不能杀出局,同时我们也无心考虑到为什么两人会如此;我们只知道自己感到愉快,此外更不想知道其他的事,同

---

① 征服者威廉一世(1028?—1087),法国诺曼底公爵(1035—1087),英国国王(1066—1087)。
② 亚当,《圣经》故事中人类的始祖。
③ 一种纸牌游戏,一般由两人、有时也可由三四人玩,庄家发给每人六张牌,赌客将手中的牌配成可以记分的一副,每打出一张牌,庄家即配上一张,并叫出两张牌应得的分数,然后各将计分枚插在凿有小孔的计分牌上。

时也不要受到别人的干扰。我对她直说——可不是，我对她说——说我爱她；而她呢——哎呀，她羞得连头皮都红了，但是她喜欢听我那样说；她说她喜欢。哦，从来没有像那天晚上那样快乐！每次我插上一只计分枚时，我总是要像写信那样加上一句附言，每次她插上一只计分枚时，她总是像回信那样说来函收悉，而给手中的牌计分时也是如此。哎呀，我甚至说完"再多加两分"后，总要再这样找补一句："哦，瞧你多么可爱呀！"而她只说："十五点得两分，再十五点得四分，再十五点得六分，再有一对得八分，再加八分满十六分——你真是这样想的吗？"——你瞧，她一面说一面让那双眼睛在睫毛下斜瞟着我，有多么娇媚和调皮啊。哦，那简直是太美啦！

　　再说，我对她是绝对诚实和坦率的；我告诉她，除了她听说的那一张被传说得沸沸扬扬的百万英镑钞票而外，我身边竟然不名一文，而且连那张钞票也不是属于我所有。这话引起了她的好奇。于是我压低了声音告诉她，将整个经过情况从头到尾说了一遍，这几乎使她笑坏了，究竟有哪一点会使她觉得好笑，我并不明白，但当时就是那个情形；每隔半分钟，就会有另一个情节将她招乐，而我就必须停下长达一分半之久，好让她能重新安静下来。啊呀，瞧她都把自己给笑瘫了——真的，当时她就是那样；我从未见过像这样的事情。我的意思是说，我以前从来没见过，像这样一篇痛苦的故事——一篇有关个人的困难、烦恼和恐惧的故事——竟然会产生那种效果。但这一来我却更加爱她了，看到在没有任何事值得你高兴的时候，她却能这样高兴；因为，你瞧，照现在的情况看来，我不久以后是会需要这样一个妻子的。当然，我对她说，我们必须再等上两年，等到我的薪金足够应付我们的开支；但是她对这一点倒并不在意，她只希望我在开支上要尽量地留意，千万不可以在花费上

大作家讲的小故事

用亏了我们第三年的薪金。这时她开始显得有点儿担心，不知道我将第一年的薪金一开始就定得那么高，那是不是过高了，这件事是不是做错了。这想法很有见地，我也感到不再像以前那样信心十足了；但这却使我转到了一个切合实际的主意，当即坦率地把它说出来。

"波琪娅，亲爱的，我去会晤那两位老先生的时候，你是不是可和我一同去呢？"

她迟疑了一下，但接着说：

"可——以，如果跟你一同去，可以给你壮壮胆量。可是——你以为那样做合适吗？"

"不，我也不知道那样做是否合适——老实说，我恐怕那不太合适；可是，你瞧，反正这件事还得大大地仰仗你，所以……"

"那么，不管它是否合适，反正我就去一趟吧。"她热情感人地说，"哦，我真高兴，想到我能为你出一点儿力。"

"出一点儿力，亲爱的？哎呀，这件事全部要依靠你。瞧你有多么美丽，多么可爱，多么迷人，有了你一同去那里，我能把我们的薪金要求再提高，除非那两个好心肠的老家伙破了产，他们是绝对不忍心拒绝我们俩的。"

哟，真希望你能看到当时她脸上泛开的一片红润，眼睛里闪出的幸福光芒。

"瞧你这张会骗人的嘴多么甜！你说的话里没一句是真的，可是我仍旧要跟你一起去。也许这样可以让你知道，以后别再指望别人也会用你的眼光看待人。"

难道我已消除了疑虑吗？难道我已恢复了信心吗？单看这一件事，你就可以得出结论：我暗自计划，要将第一年的薪金要求提高到一千二百镑。但是我没把这主意告诉她！我要把它留到以后给她一个惊喜。

　　回去时，一路上我心神恍惚，黑斯廷斯说些什么，我一句也没有听进去。我和他走进了我的客厅，他一眼看见我那些形形色色的舒适用具和奢侈陈设，发出了那种热情的赞叹声，这才使我重新清醒过来。

　　"就让我在这里站上一会儿，把它们看一个够吧。我的天哪！这是一座宫殿呀——完全是一座宫殿呀！一个人所能想要的东西，这里都齐全了，包括令人感到舒适的炉火，再有已经摆好了的夜宵。亨利，这环境不但使我具体地意识到你有多么富，更使我深刻地意识到我有多么穷——瞧我有多么穷，多么苦恼，就这样被击败了，被打垮了，彻底地完蛋了！"

　　多么叫人丧气！这种话我听了不寒而栗，它把我吓得完全清醒过来，让我意识到，当时我自己正站在一片半寸厚的地壳上，它下面就是一个火山口。我没有觉察到，以前我是在做梦——意思是说，不久以前，我还不曾让自己意识到这种处境；可是现在——哦，天哪！欠了一身的债，自己一个小钱也没有，一个可爱的姑娘的幸福或悲哀都掌握在我的手中，而我所指望的只是一笔薪金，它也许永远也不会——哦，看来它就是不会——不会到手！哦，哦！我可是毫无指望了！再也无法挽救我了！

　　"亨利，只要从你的日常收入中随便省下那么一丁点儿，就可以……"

　　"咳，我的日常收入！现在且干了这杯热威士忌，给你提提神。我跟你干了这一杯！哦，不成——你饿了；坐下，先……"

　　"我一口也吃不下；没法再吃了。这些天一直吃不下东西；但是我要和你一起痛饮几杯，直到我醉倒了。喝吧！"

　　"真是一对难兄难弟，我和你同样有麻烦要说！你准备好了

吗?我说,劳埃德,先把你的经过统统说出来,让我想齐了自己要说的。"

"统统说出来?什么,要我再重说一遍吗?"

"再重说一遍?你这是什么意思?"

"哎呀,我的意思是说,你是要再听一遍吗?"

"我要再听一遍?这可把我给闹糊涂了。慢着,别再去喝那酒了。你不能再多喝了。"

"喂,亨利,你真怪。我上这儿来,不是一路上把我全部的经过都告诉你了吗?"

"你告诉我了?"

"是呀,我告诉你了。"

"要是我听到了一句,就叫我不得好死。"

"亨利,这可是一件严重的事件。它使我感到很不安。你是在公使那里着了什么魔吧?"

这时我突然醒悟过来,于是老实说出了那原故。

这时他激动地朝我扑过来,我们相互握手,握手,再握手,直到我们把手握痛了。他不再责怪我:在我们一起走了三里路的那段时间里,他所说的事情经过,我竟然一句话也没听进。这时他只管坐下了,像一个病人那样,瞧这个好朋友,接着他就把他的事全部重叙了一遍。长话短说,事情的经过是这样:他来到英国,原以为这是一次大好机会;他已获得一项"限期优先购买权",可以将古尔德与柯里矿业扩展公司出售给"勘矿者",可以将价高于一百万美元的部分归他所有。于是他多方招揽,走遍了所有他知道的门路,试尽了所有合法的手段,也几乎花光了他所有的钱,仍找不到一个资本家理会他,但是一到这个月底,他那购买权的有效期就要满了。总之,他是完全毁了。这时他跳起来大喊道:

"亨利，你能救我！你能救我，全世界只有你一个人能救我。你肯救救我吗？难道你就不肯救救我吗？"

"告诉我怎样一个救法。你就尽管直说了吧，朋友。"

"给我一百万美元，外加我回国的路费，我把那限期优先购买权转让给你。不要拒绝我呀，千万不要拒绝呀！"

我感到有些难受。我这几句话已经迸到舌尖，我要说："劳埃德，我自己是个穷光蛋——完全不名一文，而且还欠下了债。"可就在这当儿，一个激动人心的念头突然在我脑海中闪过，于是我咬紧牙关，让自己镇定下来，直到我冷静得像一个资本家。然后我以生意人的沉着口气说：

"我愿意救你，劳埃德。"

"这一来我就得救了！上帝永远保佑你！如果有朝一日我……"

"让我把话说完呀！劳埃德。我是要救你，但不是像你所说的那样；因为那样做对你不公平，你已经出了那么大的力气，冒了那么多的风险。我并不需要买下那些矿山；我不用那个办法，也能叫我的资本在伦敦这样一个商业中心里起推动作用；这就是我在此地一直采用的办法；而我现在要做的也是这样。我当然熟悉那个矿山的情况；我知道它那巨大的价值，如果有谁要买它的话，我敢为它担保。你可以不受任何拘束，去利用我的名义，以三百万现金的价格在两星期内把它卖出去，然后咱们平分那赚来的钱。"

你真难以想象当时的情景，他在一阵狂喜中那样乱蹦乱跳，要不是我把他绊倒在地，捆了起来，他真会把那些家具都捣毁成引火的木柴，把所有的那些东西都给砸烂了。

于是他就那样躺在那里，心满意足地说：

"我可以用你的名义！你的名义——这简直是无法想象呀！老兄，他们会成群结队，蜂拥而来，这些阔绰的伦敦佬；他们会抢

大作家讲的小故事

购那股份！这一来我可走运了，我从此走运了，只要有一天我还活着，我永远忘不了你！"

不出二十四小时，伦敦已经闹翻了天！一天又一天，我什么事也不做，只是待在家里，对所有的来人说：

"是的；是我叫他要你们来向我查询的。我了解那个人，我熟悉那座矿。他的人格是无可指责的，那矿远比他开的价更值钱。"

同时，我每天晚上都和波琪娅在公使家里度过。有关矿山的事，我一句也没向她提起；我要给她一个惊喜。我们谈到的是薪金，不去谈任何其他的事，只谈到薪金和爱情；有时候谈的是爱情，有时候谈的是薪金，也有时候既谈到爱情，又谈到薪金。哎呀，瞧公使的夫人和小姐是那样关心我们的区区小事，并想出无数巧妙的方法，以免我们受到外界的干扰，同时把公使蒙在鼓里，不致让他怀疑我们玩什么花招——啊，瞧她们俩多么可爱！

当那一个月的限期终于结束时，我已有一百万美元存在伦敦郡银行，而黑斯廷斯也作出同样的安排。我尽量将自己打扮得十分雍容华贵，乘车驶过波特兰街上那幢房子，看了看那情景，断定了我那两位老朋友已经回到家里，于是我一径赶往公使的住处，找到了我那心爱的人，然后我们俩的车再顺原路往回行驶，一路上尽兴地谈论那薪金问题。她是那样激动和兴奋，而这一来就显得无比地美丽。我说：

"亲爱的，单凭你这样美丽，如果要向人家提出年薪比三千镑少一个便士，那可是罪过呀。"

"亨利，亨利，你这样会把咱们毁了的！"

"千万别担心。你只要保住那副神气，同时只管依赖我好啦。一切都会如愿以偿的。"

就这样，到后来一路上我不得不竭力鼓励她。她不停地央告我，说：

"哦，请你记住，如果咱们把薪金要求得过高，说不定结果什么都得不到；那时根本没法谋生，咱们会落到什么地步？"

仍是原来的那个仆人把我们领进去。他们都在那里，那两位老先生。他们看到那位伴同我一起去的天使般的人，当然很是吃惊，但是我说：

"请别见怪，先生们；她是我未来的贤内助和终生的伴侣。"

我把他们介绍给她，并直呼他们的名字。这并没使他们感到惊讶；他们知道，我只要一查那人名地址录，就可以一清二楚了。他们请我们坐好，对我很是客气，并且十分体贴入微，使她不致受到拘束，竭力使她感到舒适自在。于是我说：

"两位先生，我现在准备谈事情的经过了。"

"我们很高兴听，"我的那一位先生说，"因为现在我们能够判定我哥哥艾贝尔和我打的那场赌的输赢了。如果您为我赢了那场赌，您就可以担任我权力以内所能委任的职位。您带来了那张一百万英镑的钞票吗？"

"这就是那张钞票，先生，"我把它递给了他。

"我赢了！"他大喊，在艾贝尔的背上拍了一下。"现在你还有什么可说的，老兄？"

"我说，他居然安然无恙，而我却输了那两万英镑。当时我再也不会相信有这种事情。"

"我还有一些事情要谈，"我说，"可是说来话长。请你们让我以后再来，详细地谈这一个月里的全部经过；我向你们保证，那可是值得一听的。现在再请看这个。"

"啊，怎么！二十万英镑的存单，这是您的吗？"

"是我的。是我在三十天内巧妙地利用了你们给我的那一小笔

大作家讲的小故事

贷款挣来的。我只用那张钞票去买一些价钱不大的东西，然后要人家兑开它。"

"哎呀，这可是一件惊人之举！真是令人难以置信呀。老兄！"

"这算不了什么，我会用事实来证明。别以为我是在信口开河。"

可是这会儿却轮到波琪娅吃惊了。她睁大了眼睛，说：

"亨利，那真是你的钱吗？难道你是一直在向我撒谎吗？"

"我的确是撒了谎，亲爱的。但是你会原谅我的。这一点我知道。"

她把嘴一噘，说：

"你可别这样肯定。瞧你真会淘气，这样骗我！"

"哦，你这就会把它给忘了的，宝贝儿，你这就会把它忘了的；你瞧，这只是在开一个玩笑罢了，咱们走吧。"

"可是，等一等，等一等！还有那职位的问题哩，"我的那位先生说。

"这个吗，"我说，"我非常感谢您，但是我实在不想再要一个职位了。"

"可是，您可以担任我所能委派的最好的职位。"

"再一次向您表示衷心的感谢；但即使有那样好的职位我也不想要了。"

"亨利，我为你感到害臊。你不好好地向这位以助人为乐的先生表示感谢。可以让我为你代劳吗？"

"当然可以，亲爱的，只要你比我更能表示谢意。现在倒让我瞧瞧你是怎样一个谢法。"

她朝那位老先生走过去，一下子坐在他的怀里，搂住了他的脖子，对准了他的嘴亲吻。这时两位老先生都纵声大笑，而我却被吓呆了，可以说是僵在那里了。波琪娅说：

"爸爸，他说不要担任您能委派的职位，我听了感到很难受，就像……"

"宝贝儿，他是你的爸爸吗？"

"是呀，他是我的继父，是世上最可爱的继父。现在你总该明白了，难道你还没明白吗，那次在公使家里，当时你还不知道我的家族关系，你告诉我爸爸和艾贝尔大伯的计划给你带来了哪些困难和烦恼，我居然会乐得哈哈大笑？"

当然，这时我该把正经话直说出来，不再开玩笑了，于是我把话说到了点子上。

"哦，我最亲爱的先生，我要收回我刚才所说的话。您的确有一个我要填补的空位子。"

"说出来吧。"

"当您的女婿。"

"好吧，好吧，可是你要知道，既然你从来没当过这类差事，你当然没法推荐你这方面的优点，以符合那合同上的要求，所以……"

"那么就试用我吧——哦，就试用一下吧，我请求您啦！只要试用我三十年，或四十年，如果……"

"哦，也好，就这样办吧；这只是一个小小的要求，把她带去吧。"

快乐吗，我们俩？在最全的大词典里，你找不到任何一个形容那份快乐的词语。过了一两天，当伦敦人获悉我带着那张钞票在一个月内所经历的奇遇，以及那些奇遇如何结束的全部经过时，他们是不是把这件事作为街谈巷议的话题，是不是为这事感到高兴呢？我应该说，是的。

我的波琪娅的爸爸把那张助人为乐、成人之美的钞票交还给

大作家讲的小故事

了英格兰银行,把它兑了现;然后由银行将它注销,并将它作为一件礼品送给他,而又在我们举行婚礼时赠给了我们。此后我们为它配了一个镜框,一直挂在我们家里最神圣的地方。因为它让我有了我的波琪娅。要不是亏了它,我当时就不可能留在伦敦,也不会去到公使家里,也就不会遇见她。因此,我总是这样说:"是呀,它是一张百万英镑钞票,但自从发行以来,它总共只有一次被用来购买物品,然后你仅仅出了那物品大约十分之一的价就将它买下了。"

赏析与品读

一个小办事员历经种种"冒险"最后分文不花在资产阶级社会中叱咤风云混得风生水起。多么怪诞、荒谬,又多么真实、现实。作者幽默滑稽的笔调,像极了夸张的漫画,轻而易举地勾勒出各种人物在一张"百万英镑"面前的种种丑陋。

"金钱至上"、"金钱万能"、"有钱就能有尊重"这些资本主义统治下的丑陋嘴脸,人们见钱眼开的卑劣品质,都被揭开了虚伪的伪装。

狗说的故事

● *带着问题读一读，你会收获更多* ●

1. 故事中狗的妈妈临别时对她说了什么？
2. 故事中的狗做出了什么英勇事迹？

大作家讲的小故事

一

我爸爸是一只圣伯纳德种狗①,我妈妈是一只柯利种狗②,而我则是一个长老会教友③。这些都是我妈妈告诉我的;我本人可并不清楚这些名字在意义上的那点儿差别。在我听来,它们只是一些漂亮的时髦字眼,但都是毫无意义的,可是我妈妈就是爱这一类的玩意儿;她最爱数说它们,同时很注意其他的狗那样显出惊讶和羡慕的神气,不明白她怎么会受过这样高深的教育。其实,那并不是什么真正的教育;那只是她在卖弄自己罢了:那些字眼都是她在饭厅里或客厅里,趁有客人的时候听来的,或者是跟孩子们去主日学校时,在那儿听来的;每次听到了一个时髦的字眼,她就要向自己念叨许多遍。这样就能牢牢地记住了,一等到附近什么地方有家庭聚会,她就把"聚会的"给抖搂出来,让所有的狗,从小幼犬到大驯犬,都为之吃惊和感到自卑。这样一来,她所费的那番工夫,总算得到了报偿。

如果那里有一只陌生的狗,那狗几乎肯定会为之惊疑不定,而等到又喘过气来时,他就会问她,那单词是什么意思。她总是解释给他听。他再也没料到她能那样解释,原以为可以难倒她;所以,她向他说明了以后,他反倒露出了惭愧的神气,他原来还以为可以让她当场出丑哩。其他的狗总是等待着她耍出这一招,于是都为此感到高兴,为她感到骄傲,因为他们都知道会出现这种情况,他们已经有过这种经验了。每当她解释了一个炫耀的字眼时,他们都交

---

① 一种红棕色或白色的大狗,最初为阿尔卑斯山圣伯纳德济贫院驯养,用来救护雪地遇难的旅客。
② 指柯利牧羊犬,是一种长毛尖头的大狗。
③ 波美拉尼亚狗,是一种尖嘴、竖耳和长毛的小狗,英文的发音和长老会教友一词有些相似。

口称赞，没一只狗会怀疑那解释究竟是不是正确的；而这也出于自然，因为：第一，她那样对答如流，就好像是一部活词典；第二，他们又怎能查明那解答是不是正确的呢？因为，在那一群狗当中，她是唯一有教养的嘛。又过了一段时间，我长大了一些，有一次她把"同义词的"这一单词学到了家，于是，整整一个星期里，在不同的集会上，她着实很卖力地运用了它一番，但结果是使大家感到十分不愉快而又失望。这一次我才注意到，在那一星期里，在八个不同的集会上，她都被人家问到了这个词的意思，而她每一次都亮出了一个不同的解释，从这一点上我就看出，她那沉着应变的能耐，要高过她所有的文化程度，但是我当然什么也不说。她经常准备好了说一个词，一个救急的词，那词就好像是一个救生圈，当她可能冷不防被从一条船上撞下了水，就可以把它套在身上——那就是"无知的"这个单词。有时候她会耍出一个很长的单词，这单词几星期前曾经用得挺顺当，但此刻它的意义早已被忘得一干二净，如果那儿有一个陌生人，那解释肯定会把那人闹得晕头转向，必须一两分钟后才能清醒过来，而她则趁这会儿工夫，顺风转向，不必担心再出什么其他的岔子；所以，等那人再请她说出一个究竟时，我（唯一知道她那场把戏内幕的狗）可以看出，她的帆摇晃了一下——只是那么短暂的一会儿——紧接着就张了满帆，这时她又会像在顺当的时刻那样说"它是'分外工作'的同义词"，或者诸如此类的、乱七八糟一长串字母拼成的词，然后不动声色，悠然自得地抢风行驶，飞快地溜之大吉。你瞧，她会那样完全心安理得，反倒使那位生客显得十分粗野庸俗、惶窘不堪，而那些熟悉此道的狗则一致用尾巴抽那地板，脸上露出洋洋得意的神气。

有关那些乐句[①]，你也可以看到同样的情况。如果乐句声调悦

---

① 乐句：长短不一的旋律单位。

大作家讲的小故事

耳，她就会将整个一句带回家来，然后将它演奏上六七个夜场和两个早场，每一次都给它作出一种新的解释——再说，她也不得不如此，因为她所感兴趣的只是那乐句本身；她对它的意义并不感兴趣，同时她知道，反正那些狗也没有足够的脑力去理解她所作的解释。可不是，她真不愧为一位英物呀！她就是这样变得对任何事物都无所畏惧，她完全相信，那些狗都是愚蠢无知的。她甚至将她听到的那些主人和饭桌上的客人被招得哄堂大笑的有趣故事也带了回来；她照例要将一个老掉了牙的笑话当中的精彩部分拉扯到另一个笑话里，这样当然会将它们拼凑得牛头不对马嘴，叫人听来莫名其妙了；可是她一讲到那地方，自己就笑得倒了下去，在地上直打滚儿，就好像发了疯一样，又是哈哈大笑，又是汪汪乱叫，这时我可以看出，她又好像是感到有些诧异：怎么那故事似乎不再像她第一次听到时那样可笑呀。但是，这也没关系；好在其他的狗也都在四下乱滚，汪汪大叫，暗中也由于听不懂那妙处何在而感到不好意思，绝不会猜想到：听不懂它并不是他们的错，它根本就没什么意思可供他们理解的。

你从这些事情中也可以看出，她那性格是很爱虚荣又很轻浮的：尽管如此，我以为她仍有许多优良的品德，足可以弥补她的缺点。她心地善良，举止文雅，从来不对伤害过她的人怀恨在心，而是将那些事淡然处之，随即完全忘记它们；她还教她的孩子效法她那宽厚的行为，我们还从她那里学会了如何在危难中见义勇为，不逃避，正对威胁我们的朋友或陌生人的危险，并竭尽全力去帮助他们，不去考虑那样会给自己招来多大的伤害。她教导我们时，不是单凭口头说教，而是以身作则，那才是最好的方法，而那效果也是最可靠和最持久的。啊，瞧她那些英勇的行为和她那些辉煌的事迹！她完全是一位战士；再说，她对这一切又是那样谦虚——可不是，你不禁要赞美她，你不禁要效法她；即使是一只查尔斯王氏耳狗和她在一起时，也无法总对她表示高傲。所以，你瞧，除了她受的教育而外，她还有更多的优良品质哩。

二

后来我长得很大了，就被卖了，并被人家带走，从此以后我再也见不到她了。当时她非常伤心，我也如此。于是我们俩都号啕痛哭；但是她极力安慰我，说：把我们送到这个世界上来，就是为了要我们尽力做一些明智和美好的事情，所以我们必须在尽自己的责任时不去怨天尤人，要在什么样的情况下过什么样的生活，在生活中为他人谋求最大的福利，不必去关心后来如何，那些并不是我们的事情。她说，能够这样生活的，将来就会在另一个世界上获得至高无上的酬报，虽然我们做畜生的不会到那儿去，然而，只管好好地正当地生活，不去计较任何酬报，这样就会使我们短暂的生命变得更有价值，更为高贵，而这本身就是一种报酬。她从前和孩子们去主日学校，随时收集这些至理名言，然后就比记其他那些单词和乐句更为认真地把它们牢牢记在心里；并且，为了让自己和我们受益，她更专心致志地研究了它们。人们从这一点上也可以看出，尽管她脑海中潜伏有不少轻浮与虚荣，但同时也蕴藏有智慧与深思。

于是我们相互道别，最后泪汪汪地看了对方一次。她临别时说的那几句话是（我想，之所以留在最后说，是为了要我更深刻地记住）："如果别人遇到危险，那时候，为了纪念我，你别只想到自己，要想到你的妈妈，可要按照她的做法去做呀。"

你以为我会忘了那些话吗？不会的。

大作家讲的小故事

三

那是多么可爱的一个家呀！

——我那个新的家：一所漂亮的大住宅，里面有图画，有精美的装饰品，有富丽堂皇的家具，没一个地方是阴暗的，到处都有充足的阳光，把所有的东西照耀得五彩缤纷；再有住宅四周宽敞的空地，以及那座大花园——哦，瞧那片平坦的草地，那些高大的树木，那些花卉，真叫人说也说不完呀！我就像是那个家中的一员；他们都喜欢我，都爱抚我，并没有给我另起一个新名字，而是用我原来的名字唤我，我爱那名字，因为那是我妈妈给我起的——那名字是艾琳·马沃尔宁①。她是从一首歌里挑出来的；格雷家两口子也熟悉那首歌，都说那是一个美丽的名字。

那年格雷太太三十岁，你没法想象，她有多么和蔼可亲；莎迪十岁，那苗条可爱的身材完全和她妈妈一样，是她妈妈的一个缩影，背后垂着赭色的辫子，身上穿着短短的连衫裙；那个小毛头才一岁，长得肉乎乎的，脸上有着酒靥，他喜欢我，总是没完没了地揪我的尾巴，紧紧地抱着我，笑得那样快活，那样天真可爱；格雷先生三十八岁，身材瘦长，长相漂亮，额角上微微有点儿秃，性子机警，举动灵活，做事很有条理，遇事总是那样当机立断，显得那么不容易动感情，那种轮廓鲜明的脸上就仿佛闪耀出一种冷峻的理智的表情！他是一个著名的"科学家"。我不懂得那个字眼是什么意思，可是我妈知道怎样使用那个词，并且知道怎样使它发挥作用。她知道怎样用这个词使一个捉耗子的狗感到沮丧，使一只叭儿狗听了后悔自己不该来。但那还不是最有威力的词；最有威力的词该数"实验室"。我妈妈可能会为了它去组织一个可以信托的

---

① 原文为Erim, mavourin，意思是"爱尔兰，我亲爱的"，摘自苏格兰诗人托马斯·坎贝尔（1777—1844）所写的一首歌《爱尔兰的流放》。

机构，由那机构去摘除所有狗类身上系的纳税牌照的颈圈。再说那"实验室"并不是一本书，也不是一幅画，也不是你洗手的地方，那种地方照那位大学校长的狗所说，是"盥洗室"①；而"实验室"完全不同，那里摆满了罐子，还有瓶子，还有电灯，还有电线，还有一些稀奇古怪的机器；每星期都有其他的科学家去到那里，坐在那地方，使用那些机器，讨论什么问题，做他们所谓的实验和发现；我也常常去那儿，站在一旁，留心地听，竭力去了解，这是为了我妈妈的原故，为了要怀着爱心去纪念她，尽管这样做会感到痛苦，因为我想到，她一生中为我耗尽了多少心血，我却没获得任何成就；因为，我虽然竭尽全力去学，然而始终什么也没弄明白。

平时我总是趴在女主人的活动室里睡觉，她总是温存地把我当做一只脚凳，知道这样做会使我感到高兴，这是一种爱抚的表示；其他的时间我总是和艾迪一起在空地上和花园里蹦蹦跳跳，四下奔跑，直到我们玩累了，我就在树荫里的草地上小睡，而她则看她的书；也有时候，我去分别走访邻近的那些狗——因为，离得不远的地方，有一些最讨人喜欢的。有一只非常漂亮的、非常殷勤和大方的、一个鬈毛的爱尔兰种猎狗，名叫罗宾·爱戴尔，他和我一样，也是一个长老会教友，是那个苏格兰牧师饲养的。

我们宅院里的佣人都对我很好，都喜欢我，因此，你瞧，我的生活是愉快的。其他的狗，不可能有哪一只比我更幸福，比我更知道如何感恩图报。我要为自己这样说，因为事实就是如此：我竭力使我的举动在各方面都是合理的，都是正确的，这样才可以表示我是如何尊重我回忆中的妈妈和她给我的教训，竭力去争取更多我已

---

① 英语中"实验室"（laboratory）和"盥洗室"（iavatory）二词发音相近。

大作家讲的小故事

获得的幸福。

不久，我的小狗娃娃出世了，这一来我可是心满意足了，我的生活可是十全十美的了。那是一个摇摇摆摆走动着的最可爱的小东西，身上是那样光滑、柔软，好像披着天鹅绒，有着那样精巧但又怪模怪样的小脚爪，那种讨人喜欢的眼睛，再有那天真可爱的脸蛋儿；我感到很得意，每当我看到孩子们和他们的母亲那样宠爱它，逗弄它，对它做出的每一个美妙的小动作赞不绝口。我确实觉得，生活真是美满极了……

后来，冬天到了。有一天，我正在育儿室里"守卫"。也就是说，我正睡在大床上。小娃娃则睡在小床上。小床的一面靠拢着大床，是在近壁炉的那一边，床上面罩着一顶高高的薄纱帐篷，你能看到它的里面。保姆出去了，只留下了我们俩睡在那里。柴火里进出了一颗火星，把帐篷的斜面燃着了。我想，有一会儿工夫没有动静，忽然小娃娃的一声尖叫惊醒了我，再看那帐篷的烈焰正腾向屋顶。我没来得及思考，就吓得跳到了地上，刹那间已经跑近门口；但紧接着，在下一时刻，我耳朵里回响起我妈妈的临别赠言，我又回到了大床上。我把脑袋伸进火焰，咬着那根腰带拖那小娃娃，连拖带扯，我们在一团烟雾中一同摔倒在地；我叼住了另一个地方，把那尖声哭喊着的小家伙一路拖出了房门，绕过了走道的拐角，不停地把他拖过去，又是兴奋，又是快活，又是得意，可就在这时候，只听见主人大喊：

"给我滚开，这个该死的畜生！"我向一旁躲闪；但他的动作神速，他赶上了我，用他那根手杖狠狠地打我，吓得我两边躲来闪去，最后一手杖重重地落在我左前腿上，痛得我惨叫了一声就倒下了，片刻间我茫然无主；手杖又举起，准备再打，但是它没来得及落下，因为这时只听见保姆没命地叫喊："育儿室失火了！"主人向那面奔去，这样我总算保全了其他的骨头。

我痛得难以忍受，但是，没关系，我必须抓紧时间；他随时都会再回来；于是，我凭那三条腿一瘸一拐地向过道的另一头蹭过去，那面有一道黑暗的小扶梯，通往上面的一间顶楼，我以前听说那里面堆着一些旧箱子和那一类的东西，难得会有人去那里。我好不容易爬到那上面，在黑暗里一堆堆东西当中找路，最后躲在我能找到的一个最隐秘的地方。躲在那里仍感到害怕，这未免有些傻气，然而我仍旧害怕；怕得我竭力忍住不敢出声，甚至连抽抽咽咽地哭泣几声都不敢，虽然那样哭几声会使我舒服一些，因为，你瞧，那样会使我疼得好一些。但是我仍可以舔舔我的腿，那样也可以使我感觉好一些。

又过了半小时，只听见楼下一阵骚乱，是众人的叫嚷声，还有奔跑的脚步声，然后一切又沉寂了。这样安静了几分钟，我觉得精神上舒服了一些，因为这一来我的恐惧开始逐渐消失；而那种恐惧要比疼痛更加可怕——哦，更加可怕得多。接着，我听到的那些声音可把我给吓呆了。是他们在唤我呀——在唤我的名字——那是在追捕我呀！

声音由于离得远了而听来模糊，但并不能因此就消除了我的恐惧，我觉得那是我以前从未听过的最可怕的声音。那声音向四下传播开，响彻楼下所有的地方：回声沿着过道，响彻所有的屋子，楼上和楼下，地下室和地窖里；然后那声音——一直喊到房子外边，越来越远——最后又回来了，又在住宅里到处喊，我以为它再也不会止住了。然而，它终于停止了，那已是好几个小时以后，那时顶楼的模糊影子早被一片黑暗吞没。

此后，在那甜美的静寂中，我的恐怖逐渐减轻，我在安宁中睡熟了。

大作家讲的小故事

那是一次很舒畅的休息,但是我在那朦胧光影没再出现之前就醒了。我感觉到很舒服。

现在我可以打定一个主意了。我想出了一个极好的办法,那就是:我要爬下去,一路爬下那后扶梯去,躲在地窖的门后面,等天亮送冰的人来了,进去把冰放进冰箱,那时我就悄悄地溜出去逃走;然后我就白天里一直躲着,等天黑了再开始上路;我的行程是去……咳,去任何地方都行,只要那里没人会认得出我,会把我捉了去献给我的主人。

这时我几乎感到一阵高兴;可是接着我又突然想到:哎呀,如果丢了我的小狗娃娃,那日子可叫我怎样过下去呀!

这一来我又灰心丧气;我毫无办法;我明白了这点;我必须留在原来的地方;留下来等着,去接受任何可能发生的事情——那一切可不是由我做主的;生活就是如此——我妈就这样说过。后来——再说后来我又听到人们叫喊起来!无数愁绪又涌向我的心头。

我心里想:主人绝不会饶恕了我。我不知道自己究竟做错了什么事,会使他这样痛恨我,他绝不会对我甘休,但是我敢肯定那是一件狗不能理解,但人却分明知道,而且是很可怕的事情。

他们不停地叫唤——好像是叫唤了几天几夜。日子长了,我又饥又渴,差点儿疯了,我知道自己已经十分虚弱了。人们在这种情况下都会很贪睡,我就是这样。有一次我在极度恐惧中惊醒——我觉得有人一直叫唤到了顶楼里!可不是吗?那是莎迪的声音,她正在哭着;一面断断续续地喊出我的名字。那可怜的小家伙,我简直不能相信自己的耳朵。当时我听到她说这些话时,她给我带来的那一阵快乐:

"回到我们家里来吧——哦,回到我们家里来吧,原谅我们

大作家讲的小故事

吧——大伙真感到难受，缺少了我们的……"

我忍不住发出那样一声表示感激的尖叫，紧接着莎迪就朝黑暗中的旧杂物堆跌跌撞撞地扑了过来，大声叫喊着让全家人都听见："找到她了，找到她了！"

此后的那几天里——哎呀，那些日子可太美啦。莎迪和她妈，再有那些佣人——哎呀，他们就好像是在崇拜我似的。为了我睡的床，他们无论怎样整理，好像总觉得还不够舒适；至于饲料吗，他们一定要让我吃野味和那些不当令的精致食品；每天都有朋友和街坊成群结伙地来听有关我的"英勇行为"——那就是他们谈到我干的那件事时所用的一个名词，它的意思是"农业"。我记得我妈妈曾经对一群狗大谈这一词语，也是这样解释的，但并没有说明"农业"又是什么意思，只说那是"夹层墙里供热"的同义词①；再说，格雷太太和莎迪每天都要把这则故事向新来的客人说上十多遍，说我怎样冒着生命危险去救小娃娃，我们俩的烧伤可以为这件事作证，这时候那帮人就轮流地把我传递过去，一面爱抚我，大声称赞我。这时候你可以看到莎迪和她妈妈眼睛里闪出了得意的神情；当这些人想要知道我怎么瘸了腿时，她们就露出羞愧的样子，当即扭转了话题，而有时候人们反复追问她们这件事时，我觉得她们差点儿要哭出来了。

这还不是我的全部光荣；不是的。男主人的朋友到了，整整有二十来位最著名的人士，他们把我带到实验室里，大家一起讨论我，好像是在我身上发现了一些什么；其中有人说，一个哑口畜生会有这种表现，这可是神奇的，这可是他们所知的最为精彩的本能的表现；但是主人激动地说："这远远超过了本能；这是理智，

---

① 这里是将一些形音略微近似或意义上稍有联系的字混淆在一起，并称之为"同义词"。

有许多人，必须赋有理智，才能和我们一同享有得救的特权，并进入一个更美好的世界，可是他们反而不及这只注定了要毁灭的可怜的无知的四足动物具有更多的理智。"接着他就哈哈大笑，说："喂，你们倒瞧瞧我——这对我是一个讽刺！上帝保佑，尽管我具有过人的智力，但当时我只猜想到，那狗是发了疯，是在害死那孩子，可是，要不是亏了这畜生的智力——亏了它的理智，我可以肯定地说——孩子早就完蛋了！"

他们不停地争论，而我则成为争论的焦点和主题。这时候我真希望我妈妈能知道我受到这份极大的荣宠；这会使她感到骄傲的。

后来他们又讨论什么光学，还研究头脑受了某种伤害后会不会导致失明，但他们对这问题意见不能一致，说以后必须做一次实验来测试；接着他们就讨论植物，我对这问题倒很感兴趣，因为夏天里我和莎迪撒下了种子——你瞧，我还帮她刨坑——过了好几天，那儿就长出了小树，还开了花朵，那真是一个奇迹呀。但确实有那种事情，我真希望自己能说话——那样我就会把这件事说给那些人听，让他们知道我懂得多少，对这个问题懂得多少；可是我对光学却不大在意；听来它很是沉闷，他们再谈到这方面的事情，我感到很厌倦，就睡着了。

不久春天又到了，天气是那么晴朗、舒适、可爱。一天，慈祥的母亲和她的孩子轻轻地拍着我和小狗娃娃，向我们道别，他们出远门去亲戚家；此后，男主人可不来陪我们俩。我们俩一起玩，日子过得很愉快。佣人都对我们很和气和友好，所以我们相处得很融洽，大家都在计算日子，盼望女主人和孩子们归来。

一天，那伙人又来了，说是来做实验的，他们把小狗娃娃带到实验室里，我也凭三条腿一瘸一拐地跟着跑，心里感到很得意，因为，只要有谁关心我的小狗娃娃，当然会使我感到高兴。他们讨论

大作家讲的小故事

了一阵,就开始做实验,后来小狗娃娃突然一声尖叫,他们就把它放在地上,它跌跌撞撞地四面乱转,头上满都是血,这时候主人拍掌大喊:

"瞧呀,我胜利了——你们都承认吧!它已经什么都看不见了!"

于是那些人都说:

"可不是吗——你证明了你的理论,此后那些受苦受难的人都要对你感恩不尽了。"于是他们把他团团围住,热烈地表示感谢,跟他紧紧握手,一起夸赞他。

可是这一切我几乎都没听真切,也没看清楚,因为我立即赶到我的小宝贝跟前,在它躺着的地方紧紧地偎依着它,舔它那鲜血,它把它的头紧挨着我,小声儿抽抽咽咽地哭。我心里明白,它虽然再不能看见我了,但在痛苦和折磨中觉出它妈妈在这样温存它,它也会感到一种安慰。紧接着它就扑倒下去,它那毛茸茸的小鼻子磕在地上,它安静了,它再也不动弹了。

不久,主人停下了一会儿,不再去讨论问题,然后按铃叫听差进来,说:"把它埋在花园里远处的角落里。"接着又开始讨论问题了,我跟在听差后面小跑,感到很快慰,因为我知道小狗娃娃这会儿已经脱离痛苦了,因为它已经睡熟了。我们一直走到花园那边最远的尽头。夏天里,我总是带着小狗娃娃,跟孩子们和保姆一起,在那棵大榆树的树荫下面玩耍,这时听差在那里掘了一个坑,我看见他准备把小狗娃娃种下去,我很高兴,因为它会长出来的,长成一只像罗宾·阿戴尔那样漂亮可爱的狗,等到女主人和孩子们回到家里时,那会使他们惊喜的;所以我也准备帮着他掘土,可是我那条瘸腿不顶用,你瞧,它是僵硬的。必须使用两条前腿,否则就不济事。等听差干完了活儿,把小罗宾掩埋好了,他就拍拍我的脑袋,这时他眼睛里含着泪花,说:"可怜的狗儿,是你救活了他的孩子呀。"

我整整守候了两星期,可它并没有长出来!这样又过了一星期我逐渐开始觉出恐怖。我意识到,这情况会是由于发生了什么可怕的事情。我不知道那会是什么事情,但是疑惧使我心烦意乱,尽管佣人给我最美味的饲料,但是我再也无法下咽;他们是那样爱抚我,甚至夜里也来看望我,一面哭,一面说:"可怜的狗儿呀——你就别再守在这儿啦,还是回家去吧;就别再叫我们为你心里难受啦!"这一切更使我感到恐怖,使我更肯定那是由于发生了什么事故。我已十分虚弱;打昨天起,我再也站不起来了。现在,这一小时里,那些仆人都遥望着太阳逐渐下沉消失,夜里的寒气正在掩袭过来,他们说了一些什么,我不明白它们的意思,但是它们含蓄的那种意味使我的心都冷了。

"那几个可怜的人啊!他们是不会猜想到的。明天早晨他们回到家里,急切地问到那只曾经立下英勇功劳的小狗时,咱们准能硬起心肠,向他们说出这些真话:'那个低人一等的小朋友,已经去那些畜类死后所去的地方了。'"

赏析与品读

小说创作于作者晚年,当时马克·吐温生活不幸,经济破产,前半生对社会主义的理想也被现实磨灭,种种苦难让他对人类产生了非常悲观的看法。"该死的人类"更是晚年的马克·吐温的口头禅,他宁愿当一只狗、一条蛇、一头猪等任何非人类的生物,将人类看做是畜生都不如的物种。于是他以一只狗的口吻讲述了其一生

大作家讲的小故事

  的故事,但他并非单纯为自己悲惨的一生而感叹,而是以一种忠诚的态度悄无声息地批判着人类。人类的爱怜疼惜使他过上了好日子,然而人类的残暴冷漠却使他结束了生命。

  故事结束,你会看到一只忠诚的狗,一只仁慈的狗,一只对主人毫无怨言的狗,但这只是马克·吐温燃起的烟雾弹,浓雾后面隐藏着的,是残酷自私冷血的人类。他不必再写任何抨击的言语,你就会站到他那边,与他一起骂出那句"该死的人类"。

三万元的遗产

● 带着问题读一读，你会收获更多 ●

1. 《萨加摩尔周刊》上为何没有刊出蒂尔伯里的讣告？
2. 萨利家开的庆祝会庆祝什么事？

大作家讲的小故事

一

湖滨镇是一个拥有五六千居民的可爱的小镇，就远西地区的市镇而言，它也算得是一个相当出色的小镇。也像远西地区和南方那样，镇上有足够三万五千人做礼拜的地方，因为那里所有的人都虔信宗教，而每一个新教宗派都有它各自的信徒，并有它本派的一切设施。在湖滨镇，阶级是不存在的——至少人们不承认它的存在；每一个人都熟识另一个人，甚至包括那人所养的狗，那里普遍存有一种合群的友好气氛。

萨拉丁·福斯特是那家最大商店里的记账员，也是湖滨镇上干这一行当中唯一领高薪的。那年他三十五岁；他已在那家店里工作了十四年；刚结婚时，年薪是四百元，此后一年年逐步递增，每年增加一百元，接连四年；从那时起，他的薪金就一直保持一年八百元——在当地那确是一份优厚的薪金，而所有的人也都认为那是他理所应得的。

他的妻子伊莱克特拉是一位贤内助，虽然，和他一样，也是一个沉醉于幻想中的人，每逢没有外人的时候，就去看那些凭空虚构的故事。她结婚后——虽然当时还是个大孩子，只有十九岁——第一件事就是在市镇边上买下　亩地，即时付了现钞——那是她的全部积蓄，总共为二十五元。萨拉丁①的积蓄要比她的少十五元。她在那里开辟了一片菜园，按分享利益的办法，让那位近邻去从事种植，她在这方面一年里获得了对本的利润。她从萨拉丁头一年的工资中存进储蓄银行三十元，从第二年的工资中存进六十元，从第三年的工资中存进一百元，从第四年的工资中存进一百五十元，后来丈夫的工资增加到每年八百元，同时两个孩子先后出世，家用也增

---

① 指美国落基山脉至太平洋沿岸间地区。

加了，然而此后她仍每年从工资中存进银行二百元。在她婚后的第七年里，她在菜园的那亩地上盖了一幢房子，一幢漂亮的房子，并将它布置得十分舒适，费用总共需要两千元，当即付了一半现款；一家人搬进了新居。七年后，她还清了所有的欠款，还多余下几百元，用来投资赢利。

由于地产价格上涨，投资就赚了钱；原来她已买下另一两亩地，后来把大部分卖出去赚了钱，合买那地的是几个知己朋友，他们想要盖房子，这样将来就会成为她的好邻居，并可以跟她本人以及她日益扩大的家庭建立友好关系。她从稳妥的投资中，每年独自享有大约一百五十元的收入；她的孩子一年比一年长得更加漂亮；她是一个自己感到满意和幸福的女人。她由于她的丈夫而感到幸福，由于她的孩子而感到幸福；而她的丈夫和孩子也由于她而感到幸福。本篇故事就是打这个时候说起的。

小女儿克莱坦内斯特拉——简缩的爱称是克莱蒂——那年十一岁；她的姐姐格温多伦——简缩的爱称是格温——那年十三岁；都是好姑娘，都长得很可爱。她们的名字显露了潜伏在父母血统中那种传奇小说的色彩，而她们父母的名字则说明那种色彩也是得自遗传的，那是一个充满深情热爱的家庭，因此全家四口人各自都有爱称。萨拉丁的爱称很古怪，而且辨不出性别——叫萨利；伊莱克特拉的爱称也是如此——叫亚历克。萨利一天到晚都那样一丝不苟、勤勤恳恳地记账和售货；亚历克一天到晚都在尽她那贤妻良母的职责，并显出她是一个会动脑筋的、很有算计的女商人；但是一到晚上，在那舒适的起居室里，他们就脱离了那单调乏味的现实世界，进入了另一个更有趣味的天地，互相朗读那些传奇故事，经历那些虚幻梦境，在那些宏伟的宫殿内，在那些阴森的古堡里，在那些变幻无常和纷纷扰扰的环境中，跟那些帝王和王子，跟那些高贵的王

大作家讲的小故事

族和贵妇人周旋。

二

终于传来了一条重大的消息！那是一条惊人的消息——说真的，那是一条令人喜出望外的好消息。那是从邻近的一个州里传来的，他们家唯一在世的一个亲戚住在那里。那是萨利唯一的亲戚——是一个关系不大明确的大叔，或者是一个远亲，名叫蒂尔伯里·福斯特，年已七十岁，仍旧是一个单身汉，一般认为他家境很富裕，但脾气也相当暴躁和别扭。萨利一度曾去信给他，试图跟他攀亲，但此后就再不去自讨没趣了。如今蒂尔伯里给萨利来了一封信，说自己将不久于人世，打算将三万元现款的遗产传给他；说此举并非出自偏爱，而是由于他一生中多半的不幸与烦恼都是金钱给他带来的，因此他要把那笔钱送到自己指望它能继续发挥害人作用的地方。遗产的分配将记载在他的遗嘱中，并将如数支付。条件是：萨利必须能向遗产执行人证明，他以前从来不曾在口头上或函件中表示自己关心这份馈赠；他以前从来不曾去探听有关这垂死者病逝的经过；他不曾参加葬礼。

亚历克刚从这封信造成的强烈的感情激动中清醒过来一些，立即去信到那亲戚居住的地区，订了一份当地的报纸。

接着夫妻俩就郑重其事地约法三章：当那位亲戚还活着的时候，他们决不要向任何人提到那条重大的消息，以免不知内情的人会将这件事传给临终的人，再经过一番歪曲，听来就好像是他们故意违反他的意愿，以此来表示对承受遗产的感激心情，而这简直无异于公然反对他的禁令，不但把这件事直说了出来，而且把它张扬了出去。

那一天此后的时间里，萨利把他的几本账记得错误百出；亚历克做事心不在焉，哪怕是端起一盆花，拿起一本书，或是拣起一根柴火，都会忘了她拿那些东西是干什么用的。原来他们俩都已沉醉在幻想中了。

"三——万——元呀！"

那几个激动人心的字眼，整天像乐曲般在两人脑海中回响。

自从结婚开始，亚历克就一直将钱袋握得紧紧的，萨利难得明白自己有权在那些非必需品上花一个大钱。

"三——万——元呀！"那乐曲继续响个不停，那可是一个庞大的数目，一个无法想象的数目呀！

亚历克整天都在一心一意地计划如何用这笔钱去投资；而萨利却在一心一意地计划如何把它花了。

那天晚上，他们不再去谈那传奇小说了。孩子们很早就离开了，因为父母都一语不发，心神不定，不知为什么那样显得不再惹人喜爱了。道晚安时的亲吻像是投在了空虚中，她们没得到任何反应；父母都没察觉出她们的亲吻，孩子已离开了一小时，他们方才察觉到。在那最后的一小时里，两支铅笔都在忙着写——都在做记录；像是在计划什么。最后还是萨利打破了沉寂。他兴高采烈地说：

"哦，那可太好了，亚历克！咱们先拿出一千元，可以买一匹马和一辆轻便马车，备夏季用，再买一辆雪橇和一条护膝毛毯，备冬季用。"

亚历克口气坚定而又沉着地回答道：

"要动用本钱吗？那绝对不行。哪怕是有了一百万也不行！"

萨利大失所望，脸上的喜色顿时消失。

"哦，亚历克！"他用责怪的口气说，"咱们一向工作得这样卖力，用钱这样手紧；现在咱们富了，好像应该——"

大作家讲的小故事

他一句话没说完,因为这时看到她的眼光变得柔和了;他的恳求终于打动了她。她温存而又具有说服力地说:"咱们绝对不能动用本钱呀,亲爱的,这样是不够精明的。从它生出的利息里……"

"那也好,那也好,亚历克,瞧你有多么可爱呀,有多么好呀,那可是一笔大数目,如果咱们可以动用那一笔……"

"可不是全部的,亲爱的,但是你可以动用它的一部分。也就是说,动用适当的一部分。可是所有的本钱——哪怕是其中的一分钱——必须立即让它发挥作用,而且要继续让它发挥作用。你明白这个道理了,对吗?"

"这个吗,明——白了。当然明白了。可是,那咱们必须等候很长的时间。要等到第一期结算利息,还得六个月呀。"

"是的——也许还要更久一些。"

"更久一些,亚历克?怎么?不是每半年结算一次利息吗?"

"那种投资吗——是的;但是我可不要那样投资。"

"那么又怎样投资呢?"

"要能赚大钱的。"

"赚大钱的。那可好。说下去吧,亚历克。在哪方面投资?"

"煤。新开采的煤。烛煤①。我要投进一万元。认购优先股②。等咱们的公司一成立,咱们那一股的钱就变成了三股啦。"

"我的天哪,这可太好啦,亚历克!那么那些股票要值——值多少?这要等多久?"

"大约一年吧。它们每半年为咱们挣得百分之十的利润,合计达到三万元。详细情形我都一清二楚;瞧这份辛辛那提的报纸上登的广告。"

---

① 又称烛焰煤,黑煤的一种,以其燃时发光似烛,故名。
② 优先股:指公司在筹集资本时,给予认购者某些优先条件的股票。

"我的主呀,一万元变成了三万元——只要一年工夫!咱们这就赶快把全部本钱一起投入,好拿到手九万元!我这就写信去认股——等到明天也许就晚了。"

他飞奔向写字台,但是亚历克拦住了他,让他回到自己的椅子上,然后对他说:

"别这样被冲昏了头脑。咱们必须先拿到了那笔钱,才能去认购股票;难道这一点你也不知道吗?"

萨利的热情降低了一两度,但是他并不是完全心悦诚服。

"哎呀,亚历克,反正那笔钱已经是咱们的了,这你知道——而且就快到手了。说不准他现在已经脱离苦海了;十分可能,就是这个时刻,他正在装裹入殓。再说,我猜想——"

亚历克打了一个冷战,说:

"你怎么能这样,萨利!别说这种话,它实在引人反感。"

"嗯。好吧,如果你高兴的话,就给他戴上一个光圈吧,我可不计较他怎样装殓,我只是这样随便说说罢了。难道人家说话你也不准吗?"

"可是为什么你要故意说得那样可怕呢?你高兴人家趁你尸骨未寒的时候也那样谈到你吗?"

"也许不大高兴,但我想那也只会经历一会儿工夫,如果我生平最后做的一件事,是拿出一笔钱,为了要用它去害一个人。可是,别再去管蒂尔伯里的事啦,亚历克,还是让咱们谈一些切合实际的问题吧。我确实认为,应当把全部三万元一起投入那采煤业。这有什么不妥当的吗?"

"这是孤注一掷——这样不大妥当。"

"好吧,如果你这样认为的话。那么另两万元呢?你的意思是要怎样利用它们?"

大作家讲的小故事

"这倒不必匆忙从事;在使用它们之前,我还要通盘筹划一下。"

"那么好吧,既然你已打定了主意,"萨利叹了一口气。他沉思了一会儿,接着说:

"再过一年,就可以从那一万元里获得两万元的利润。咱们就可以花那一笔钱了,对吗,亚历克?"

亚历克把头一摇。

"那可不行,亲爱的,"她说,"在咱们领到第一次半年股息之前,股票的行情是不会看涨的。你只能花那笔利息的一部分。"

"什么,只有那么一丁点儿——而且还要整整等上一年!真倒霉,那我……"

"咳,千万耐心点儿!也说不准三个月后就会宣告结算股息,这也是很可能的。"

"哎呀,这可太好了!哎呀,谢天谢地!"萨利一下子跳了起来,不胜感激地吻他的妻子,"那就有三千元了——整整三千元呀!咱们可以花上多少,亚历克?你就慷慨一些吧——千万慷慨一些吧,亲爱的,瞧你这个好人。"

亚历克高兴了;她十分高兴,以致再也经不起他那样纠缠不清,最终同意匀给他一笔钱,虽然她认为那是一次愚蠢的挥霍——总共是一千元。萨利吻了她五六次,而且,即便是这样,仍不能表达他喜悦和感激的心情。这一次,由于感激与温情的重新迸发,亚历克那道审慎的防线被突破,以至于在能够克制自己之前,她又授予了他一笔补助金额——为数两千元,那是她打算利用那笔遗产的其余两万元,从它们在一年内赚到的五六万元中匀出来的。萨利眼里涌出了快乐的泪水,他说:

"哦,我要拥抱你!"一说完这话他就照做了。接着他又取过了他的记录,坐了下来,开始核对第一批他急于最早得到的奢侈品。"马——轻便马车——雪橇——毛皮护膝——漆皮鞋——狗——硬礼帽——教堂包厢①——挂表——装新牙齿——喂,亚历克!"

"怎么?"

"你是在盘算什么,对吗?应当这样。你已经想好了怎样投资另两万元吗?"

"还没有,那不用赶忙;我首先必须从事多方调查,进行全盘考虑。"

"可是你正在盘算;你是在盘算什么呀?"

"这个嘛,我总得筹划一下怎样利用从煤上赚来的三万元,对吗?"

"我的天哪,多么灵活的脑袋瓜子!我就没想到这些。你考虑得怎样了?你已经预算到什么时候了?"

"时间并不太长——只考虑到两三年。我把资金周转了两次;一次是做油生意,一次是做小麦生意。"

"哎呀,亚历克,这可太好啦!赚到的总共有多少?"

"我估计——呃,估计得保守一些,大约是整整十八万,不过可能还要多一些。"

"哎呀!这不是太好了吗?我的天呀!咱们辛辛苦苦干了这么多年,到底交上好运了,亚历克!"

"那么?"

"我要捐给教会整整三百元现金——咱们再有什么理由不舍得花一些钱!"

---

① 指教堂里供一家人专用的席位。

大作家讲的小故事

"你这件事做得再高贵也没有了，亲爱的；这正合你那慷慨大方的性格，瞧你这个舍己为人的君子。"

这几句赞扬的话只说得萨利心花怒放，但是他这人通情达理，只说那不只是出自他的好意，而应归功于亚历克，因为，要不是全仗了她，他也不会有那一笔钱。

然后，他们上楼去就寝，在狂喜中忘了那支蜡烛，就让它在厅里点着。直到脱了衣服，他们才想起来；这时萨利就打算让它去点着；他说，哪怕是多花它一千元，他们也付得起。但是亚历克还是走下楼去，把蜡烛灭了。

再说，这件事做得好，因为，就在走回去的时候，她偶然想到了一个主意：要趁那十八万元还没呆滞下来，就将它变成五十万元。

三

亚历克订的那份小报，是一张每逢星期四出版的单张周刊；它从蒂尔伯里的村里寄出，要历程五百英里，然后于星期六寄到。蒂尔伯里的那封信是星期五发出的，它要比这位施主死的日期晚了一天，所以没能把这条消息在那一期的报上刊出，但是报社仍有充分的时间，可以作出安排，让它在下一期上发表。就这样，福斯特夫妇必须等候几乎整整一个星期，才能得知蒂尔伯里那儿是否发生了那件让他们俩如愿以偿的事。那是一个十分漫长的星期，它令人感到太紧张了。夫妇俩要不是由于能想出一些排遣的好方法，那他们将难以承受那份压力。我们已经看到，他们倒是具有那种好方法的。女的不停地把财富向上积累，男的不停地花掉——至少是花所有他妻子会让他能有机会花的钱。

星期六那一天终于到来，《萨加摩尔周刊》也送到了。当时埃弗斯莱·贝内特太太来访。她是长老会牧师的妻子，是为了劝福斯特为慈善事业捐款来的。这时谈话突然中断——福斯特夫妇不言语了。贝内特太太立刻发觉，她的主人一句也没听进她在说些什么；于是，她又是惊讶又是恼怒，站起身来就离开了。她刚走出屋子，亚历克就急不暇待地撕去了报刊外面的包纸，和萨利一同把眼光扫向各个专栏，先找那些讣告。他们大失所望！亚历克从小是一个基督徒，这时，出于责任感和习惯，不得不做出一些姿态。她重新振作起了精神，然后带着那么几分惯常出自虔诚的喜悦口气说：

"让咱们叩谢上帝吧，他还没被召了去；所以……"

"这个该死的反叛杂种，我真希望……"

"萨利！你真不像话！"

"这我可不在乎！"气愤填膺的丈夫反唇相讥，"你不也是这样的想法吗？要不是假惺惺装出一副虔诚，你也会这样直说了出来。"

亚历克的自尊心受到损伤了，她说：

"我不明白，你怎么竟然会说出这样冷酷无情、不讲公道的话。根本没有谁像你所说的假惺惺地装出虔诚。"

萨利感到难堪了，但是，为了掩饰自己的感觉，就试图支吾其词，想改变一个方式，来为自己辩解——就好像要改变一下外表，但同时又保留它的实质，这样就可以哄骗他正试图抚慰的这位通达人情世故的老手。于是他说："并不是要说什么假惺惺地装出虔诚，我意思只是说——只是说——呃，你瞧，那种例行的虔诚；呃——那种有关本行的虔诚；那种——那种——我意思说，你总明白我指的是什么。亚历克——那个——那个——你瞧，当你拿出那个镀金的货色，把它冒充作纯金的，你瞧，那并不是要做一件什么不正当的事情，那仅仅是由于一种干那一行的习惯，多年以来的办

大作家讲的小故事

法,已经定型的风俗,那是在遵守——遵守——该死的,我竟然想不出一个适当的字眼了,可是你总知道我的意思是什么,亚历克,那话并不含有什么恶意。你瞧,它是这个意思。假如一个人……"

"你已经扯得够多了,"亚历克冷冷地说,"别再去谈这件事了。"

"这正合我的意思,"萨利热情激动地回答,一面拭去脑门子上的汗水,露出了一副无法用语言表达的感激神气。接着,他又若有所思地为自己辩护。"我手里肯定有一张三点——这我明明知道——可是,我吊出了人家的牌,自己却没能凑成功一副。我就是那样常常打不好牌。只要我能保住手里的好牌——可是我没能保住它们。我不会打牌。我懂得太少了。"

一经认输后,他这会儿就显得相当地柔顺和服帖了。亚历克用眼光宽恕了他。

立即,那件最令人感兴趣的事情,那个十分令人关心的问题,又占据了显著的地位,什么力量也不能使它连续几分钟被丢在一边。夫妻俩开始猜测,蒂尔伯里的讣告为什么不曾见报。他们就各个方面进行讨论,而且多少怀着一些希望,但最后总是回到了原来的想法,认为讣告之所以不见报,唯一真正合理的解释必然是——而且毫无疑问的是——蒂尔伯里仍然没有死。这情况可有点儿令人感到沮丧,也许甚至有点儿令人感到不平,然而实际情况就是如此,他们也只好耐心地等待下去。这是他们俩一致的想法。萨利觉得这件事是很离奇的,是非常无法理解的;他认为这比他所能想到的更加难以理解:说真的,凭他所能想得起的,这样叫人难以理解是出格的——于是他就有些忿忿不平地说出了他的想法;但是,如果他这是希望亚历克附和他的想法,那他可就错了;即使她也抱有这种想法,她也不会发表她的意见;她是习惯不在任何市场上采取鲁莽冒险行动的，不论是在人间的市场上，或是在其他的市场上。

夫妇俩不得不等着看下星期的报纸——显然蒂尔伯里是推迟了他与世长辞的日期。这是他们俩转到的念头，也是他们俩得出的结论。于是两人将此事暂时搁置在一边，又竭力打点起精神，去从事各自的活动。

咳，只怪他们没了解真情实况，原来他们一直是在冤枉蒂尔伯里。蒂尔伯里恪守诺言，一丝不苟；他已经死了，他已按照预定的时间死了。现在他已经死了四天多，对死亡一事已经安之若素；他是彻底地死了，百分之百地死了，像任何一位在墓地里新入土的人那样死了；而且死的那天还留下了充分的时间，可以让这件事刊载在那星期里的《萨加摩尔周刊》上。那条消息只是由于出了一件意外事故而被挤了出去；像这类的意外事故不可能发生在一份大城市的报刊上，但在像《萨加摩尔周刊》这样一份村镇的小报上却是屡见不鲜的。这一次，正当刊载社论的那一页在进行铅字拼版的时候，霍斯泰特嘉宾冷饮室送来了一夸特冷糕，这一来，已经排好的那一盘挽蒂尔伯里的干巴巴的悼词就被挤了出去，以便腾出一些篇幅让主编表达他对那份馈赠的由衷感谢。

就在去保留版面的字架的途中，蒂尔伯里那篇讣告的铅字被弄乱了，否则那篇文告是会在下一期的报上刊出的，因为，像《萨加摩尔周刊》这样的报，是不肯浪费了"待用"材料的，字架上"待用的"材料一向是与世长存的，除非是中间插入了一件弄乱了铅字的意外事故。而一篇文章一经被弄乱了铅字，它就从此寿终正寝，你再也无法使其起死回生，要它重新见报的机会就没有了，永远没有了。所以，不管蒂尔伯里高兴也罢，或是不高兴也罢，就让他在坟墓里大发雷霆，折腾它一个痛快吧，那没关系——反正在《萨加摩里周刊》上是再也不会看到他逝世的消息了。

大作家讲的小故事

四

　　五个星期就那样平淡而又乏味地逝去。每逢星期日，那份《萨加摩尔周刊》总是按时送到，但是它上面一次也没有提到蒂尔伯里·福斯特。这时萨利实在忍不住了，他气忿忿地说：

　　"瞧这个该死的家伙，看来他是死不了的啦！"

　　亚历克狠狠地责备了他几句，接着就冷漠而又严肃地说：

　　"如果你刚脱口说出了这样一句骇人听闻的话，紧接着自己就突然之间断了气，此后你又会有什么感想？"

　　萨利不假思索地回答：

　　"我会感到很幸运，因为我没把那句话憋在心里。"

　　那是自尊心迫使他说上几句话，而他一时又想不出什么理由，于是就让这些话脱口而出。接着，像他自己所谓的，他"另找了一个落脚的地点"，也就是说，从她面前溜之大吉，以免被她那一口能言善辩的伶牙俐齿嚼得稀烂。

　　六个月转眼过去。《萨加摩尔周刊》上仍然没有蒂尔伯里的消息。在此期间，萨利已经几次作出试探——意思是说，暗示他想要知道这件事的究竟。亚历克不去理会他的暗示。萨利终于打定主意，准备鼓起勇气，冒险发动一次正面进攻。于是他就直截了当地提议，要乔装打扮，去往蒂尔伯里住的那个村里，神不知鬼不觉地查明这件事的真相。亚历克立即果断而坚决地制止了他这冒险的计划。她说：

　　"亏你怎么会想出了这样一个馊主意？你这样真叫我忙得再没法应付手头的这些事！一定要让人永远监护着你，像看管一个小孩子那样，以免你玩火烧身。你还是给我安分点儿吧！"

　　"哎呀，亚历克，我是能办好这件事情的，是不会被人发现的呀——我对这件事绝对有把握。"

"萨利·福斯特，难道你不知道，这样你就必须四下去打听吗？"

"那当然，可是那又有什么关系？谁也不会猜想到我是什么人。"

"咳，你倒听听这个人是怎么说的！将来有一天，你必须向遗产执行人证明，你从来不曾去打听过这件事情。那时候又将怎样呢？"

他忘了这一点。他无言对答了；再没什么可说的了。亚历克接着说：

"那么，你就给我死了那条心，别再在这件事情上纠缠不清了。蒂尔伯里给你设下了那个圈套。难道你还不明白那是一个圈套吗？他一直在暗中窥探，一心指望你钻进那个圈套。哼，他会大失所望的——至少是在有我提防着的时候。萨利！"

"那么？"

"只要你活在世上，哪怕是活上一百年，你千万也别去探听。你向我保证！"

"那么好吧。"他叹了口气，无可奈何地说。

这时亚历克又心软下来，她说：

"你不用着急。咱们正在一天天地富起来；咱们尽可以耐心等待；根本不用急于求成。咱们的收入虽然为数不大，但是十拿九稳，一直在增加；至于那些期货交易，我还从来没估错过一次——它们正在成千上万地赚进。国内没有哪一家能像咱们家这样兴旺发达。咱们已经开始过着豪富的生活。这一点你难道还不知道吗？"

"这我知道，亚历克，的确如此。"

"那么就应该感谢上帝赐予咱们的一切，再用不着去操心别的啦。难道你以为，没有上帝的特殊照顾和指引，咱们能获得这样惊

大作家讲的小故事

人的成就吗？"

他吞吞吐吐地说："不——不能，我想那是不能的。"接着又激动地带着钦佩的口气说："可是，要讲到运用智谋，去给股票'搀水①'，或者耍手段去华尔街找便宜，我肯定你在这方面更不需要一个场外的生手来帮助，如果我真的希望自己……"

"哎呀，你就给我闭上你那张嘴吧！我也知道，你并没存有什么害人的恶意，或是什么亵渎神灵的念头，你这个不懂事的孩子，可是，看来你只要一开口，就免不了会说出几句骇人听闻的话。你使我经常提心吊胆。为你也为我们所有的人提心吊胆。以前我是从来不怕打雷的，可是现在，一听到打雷，我就……"

她嗓子一下哽住，接着就号啕痛哭，再也没法说下去了。这情景使萨利感到十分难受。他把她搂在怀里，又是爱抚，又是安慰，保证以后要更好地做人，同时责怪自己，并悔恨交集地恳求她宽恕。他这是出自真诚，他为自己以前所做的事感到内疚，准备作出任何牺牲，来弥补自己的过失。

于是他私下里为此事作了一次长时间深刻的反省，决定做一些看来是最为合适的事情。口头说保证改过自新挺容易；可不是，他已经作出这样的保证。然而这样能收到真正的好效果吗，能收到持久的好效果吗？不能，那只会是暂时的——他知道自己的弱点，并且很遗憾地向自己承认这一点——他不能够使他的保证持久。他必须想出一件更为切实可行的、更为对人有益的事；最后他想出了一件事。他不惜动用长期以来一先令一先令攒起来的心疼的积蓄，往屋顶上安装了一个避雷针。

此后不久，他又故态复萌。

---

① 指发行新股票，不合法地增加总票面价，即增加了公司名义上的股本，并不相应地增加实际资产，从而降低了股票的价格。

习惯能创造多么惊人的奇迹啊！而且习惯又是多么迅速和容易形成——这既包括那些无足轻重的习惯，又包括那些根本会改变我们人生的习惯。如果我们偶尔连续两天夜里两点钟醒来，我们就需要为自己担心了，因为，再连续下去，偶然出现的情况就能转化成为一种固定的习惯；又如一个月里每天喝它两口威士忌……可是，这类惯常的事我们都知道，这里就不必多去谈它们了。

建造空中楼阁的习惯，做白日梦的习惯——它加剧得多么迅速！它给人带来多么大的乐趣；我们一有闲空，就会多么急不暇待地去从其中寻求陶醉，我们为了这些乐趣着了迷，会将我们的灵魂沉湎在它们的洪流之中，完全让它们那些迷人的幻觉给陶醉了，——可不是，我们的梦幻生活和我们的现实生活是那么迅速而又容易地交织融合在一起，以致我们再也无法将二者划分开了。

又没过多久，亚历克就订了一份芝加哥的日报和一份《华尔街指示报》。她特别注意财经动态，整个星期都用心研究这些报纸，就像星期天研究《圣经》那样。萨利对她崇拜得五体投地，他注意到，她在预测和买卖证券方面，不论是物质市场上的还是精神市场上的，她那天才与判断力的进步与发展是那么迅速而又稳定。她经营尘世间的股票生意时表现出的魄力与勇气，使他见了为她感到自豪；而她从事精神上的交易时所持的那种保守的慎重态度，也同样使他感到自豪。他注意到，她在这两方面都始终保持着那种清醒的头脑；她常常以无比的勇气在尘世间的期货交易上做空头，但小心翼翼地在这里划定了一条界线——她在其他方面的交易上总是做多头。她的策略相当明智而又简单，正像她对他解释的：她之所以从事尘世间的期货交易，是为了投机，而她之所以从事精神上的期货交易，则是为了投资；她从事其中的一种投资时，宁愿赚到最低限度的利润，而且只是怀抱着一些希望。但从事另一种投机时，就不

大作家讲的小故事

管它什么"最低不最低限度的利润"了——她一定要赚进对本利的大钱,而且要将股票"在登记簿上"过户。

　　只经过短短几个月,亚历克和萨利的想象力已大有进益。随着每一天的训练,这两台机器都扩大了它们的活动范围,增强了它们的工作效率。其结果是:亚历克赚进幻想中的钱,比最初赚进梦想中的钱更为迅速,而萨利大肆挥霍那些过剩的钱的本领,则一直与她尽情赚钱的能力并驾齐驱。最初亚历克估计,在煤矿方面投机,还需要十二个月的时间方可大功告成,不同意将那期限可能缩短九个月。然而,以前在有关财经方面的幻想中,她那工作效率还是很低的,工作方式还是幼稚的,没有指导,缺乏经验,更少实习。但不久她就在这些方面获得助益,接着九个月的时限也随之消失,那幻想中的一万元投资就载着三倍利润凯旋!

　　对于福斯特夫妇,那可是一个大喜的日子。他们都高兴得目瞪口呆了。再说他们那样目瞪口呆,还另有一个原因:经过长时期多方观察市场动态,亚历克最近提心吊胆,颤栗不安,作了第一次尝试性的冒险,用其余两万元的遗产进行了"定金交易"①。在想象中,她已看到股票在上涨,一点又一点②地往上涨——可市场行情随时都有骤跌的可能——到后来,焦急的心情已经使她再也无法忍受——她在定金交易方面还是生疏的,还是不够老练的——她发出幻想的电报,向幻想的经纪人作出幻想的指示,叫他把股票卖出。她说赚进四万元已经够了。就在股票卖出后的那一天,采煤业方面的投资又带来了巨额利润。正如以上所说,夫妇俩高兴得连话都说不出了。那天晚上,他们坐在那里,茫然无主,喜气洋洋,极力玩味那件令人无比高兴的事,那件乐不可支的事,原来现在他们的实

---

① 股票持有者与经纪人均提供资金的定金交易。
② 百分点,表示证券交易所价格涨落的最小单位。

际身价已不折不扣达到十万元，幻想中的现金。他们的情况就是像以上所说的这样。

　　这是亚历克最后一次担心做定金交易，至少她不像第一次做时那样怕得夜里无法入睡，面色变得苍白了。

　　那的确是值得纪念的一个夜晚。逐渐地，那已经发财的意识渗透了夫妻俩的灵魂，接着，他们就开始考虑如何处理那些钱财。如果能通过两位梦想者的眼光望出去，我们就会看见他们那幢整洁的小木头房子已经消失，代替它的是一所砖砌的二层楼住宅，前面还有一道铸铁栅栏；我们会看见客厅的天花板下出现了装有三盏灯的枝形煤气吊灯；我们会看见那条破旧的普通地毯已换成每码价值一元五角的贵重的布鲁塞尔地毯①；我们会看见那个普通人家用的火炉已经不见踪影，代替它的是一个精致的大型自动加料火炉，上面装有白云薄片的炉门，显出一副威严的气概。我们还会看见其他物件；其中有那辆轻便马车，那条护膝毛毯，那顶大礼帽，以及诸如此类的东西。

　　从那时候起，虽然女儿和邻居们看到的仍旧是那幢旧木头房子，但在亚历克和萨利的眼中已成为一所砖砌的二层楼住宅；没一天晚上亚历克不为幻想中需付的煤气账烦心，又总是从萨利那满不在意的答话中获得安慰："那又怎么样？反正咱们付得起嘛。"

　　就在他们发财的那第一天晚上，夫妻俩去睡觉时，决定必须庆祝一番。他们必须举行一次宴会——对，就是这个主意。可是怎样去解释这件事呢——怎样去向女儿和邻居们解释呢？他们不能宣布自己已经发财。萨利愿意，甚至急于这样做；但是亚历克保持镇静，不许他这样做。她说，虽然那笔钱几乎已经等于到手，但还是

---

①　一种粗麻底层上有彩色羊毛线织成的图案的地毯。

大作家讲的小故事

等它确实已经稳到了手时再说。她坚持这个主张，决不改变她的想法。必须保守那件重大的秘密。她说，要瞒着两个女儿和其他所有的人。

夫妻俩感到为难了。他们必须庆祝，他们决定要庆祝，但是，既然必须保密，那他们又能庆祝什么事呢？那三个月里没一个人过生日。蒂尔伯里的钱还不能派用场，他明明还要继续活下去；那他们又能庆祝一些什么呢？萨利就这样左思右想；他已开始不耐烦，而且感到很苦恼。但是，他终于想出了一个主意——他认为那几乎是完全出自一种灵感——这一来他们的烦恼顿时烟消云散；他们准备庆祝美洲的发现。这可是一个绝妙的好主意呀！

亚历克为萨利感到无法用言语表达的自豪——她说她本人就想不出这样一个主意。但是萨利，虽然为她的赞扬欢天喜地，对自己也惊讶不已，却竭力不将自己的心情显露出来，只说这实在不值什么，谁都能够想得出来。而亚历克在那一阵高兴之下却得意地把脑袋一扭，说：

"哦，真的！谁都能够呀——哦，谁都能够呀！单说霍桑纳·迪尔金斯吧！要不，也许还有阿德尔伯特·皮纳特吧——哦，哎呀——可不是！哼哼，倒要叫他们来试试，我就是这个主意。我的天，我甚至不相信他们能想出一个四十亩大的小岛的发现；至于整个一片大陆嘛，哎呀，萨利·福斯特，你明明知道，哪怕是你要了他们的命，他们也照样想不出来呀！"

瞧这位可爱的人，她知道他有才能；如果说由于爱怜而稍许过高地估量了那才能，那也是出于一个令人可爱的、富有柔情的过失，单凭这一点就可以原谅她了。

五

庆祝会开得很是成功。邀请的朋友都到齐了,其中有年轻的,也有年老的。在年轻人中,有皮纳特家的弗洛茜和格雷茜姐妹,以及她们的哥哥阿德尔伯特,那是一个很有出息、已经满师的年轻锡匠,再有小霍桑纳·迪尔金斯,那是一个已满师的粉刷工。好多月来,阿德尔伯特和霍桑纳一直在对福斯特家的格温多伦和克莱坦内斯特拉表示好感,而两位姑娘的父母也注意到了这一点,都暗中感到满意。然而现在他们突然意识到,那种感觉已经消失。他们认识到,今非昔比的经济情况,已在他们女儿与两位年轻手艺人之间筑起一道社会地位的屏障。现在女儿不妨将眼光放得更高一些——而且必须如此。可不是,必须如此。她们必须嫁给不低于律师或商人阶层的人士;爸爸和妈妈要把这件事掌握在自己手里;必须结一门门当户对的亲事。

但这些都是他们私下里的想法和背地里的策划,对外并不显露出来,因此并没给那个庆祝会投上一片阴影。从外表上看到的,只是他们那种高傲自满的神态,那种雍容华贵的风度,而这一切就赢得了与会者对他们的赞扬,同时也引起了那些人的惊讶。所有的人都注意到了这一点,也都在议论这一点,然而谁也猜不透它的底细。那是一件令人感到惊奇而又难以理解的事。有几个人满以为自己一猜便中,他们评论道:

"看来他们是发大财了。"

对,正是如此。

多数做母亲的,都要按照那老一套的办法,去插手婚配的事;她们总要跟女儿进行一次严肃又呆板的谈话——像这样的训诫是注定要失败的,只会使听者抹掉眼泪、产生反感,这样的母亲还会进一步坏事,要求年轻手艺人别再上门来献殷勤。但是这一位

大作家讲的小故事

做母亲的可不同,她倒是讲求实际的。她对上述的两个青年什么也没说,对其他任何人也只字不提,除了萨利而外。他听了她的话,明白了她的用意;不但明白了她的用意,而且对她的见解大为赞赏。他说:

"我明白你的意思了。不要去挑剔那些陈列出的货色,那样只会给双方招来不快,平白无故地阻挠了一次交易,你只要人家很合适地提供一些更高级的货色,然后听任事态自由发展。这主意聪明,亚历克,聪明透顶,你把话说到了点子上。你相中谁了?你已经选定了吗?"

没有,她还不曾选定谁。他们俩必须考察一下市面的情况——可不是,他们就照这样做了。起初他们考虑到而且评议了布雷迪希,他是一位很有希望的年轻律师,再有富尔顿,他是一位很有前途的年轻牙医。萨利一定要请他们来吃晚餐。但并不是立即就去请;用不着匆忙从事,亚历克说。留心好了这两个人,然后等待时机;办这样重大的事,从容点儿是不会出差错的。

后来发现,这又是明智的见解;因为,在三个星期内,她获得了一次惊人的成功,这使她幻想中的十万元一跃而达到幻想中的四十万元。那天晚上,她和萨利简直高兴得飘飘然了。第一次有人提议晚餐时喝香槟。那可不是什么真实的香槟,然而,由于添上了那么多的想象,它就变得十分像是真的了。这主意是萨利想出的,而亚历克也勉强地同意了。两个人都在心底里感到不安和羞愧,因为他是禁酒会的主要成员,每逢参加殡礼时都要穿上禁酒会会员的罩衫,以致连那条狗都不能向它看上一眼,而继续坚持自己的托词与偏见;①而她又是一位基督教妇女禁酒联合会会员,人们从各

---

① 美国俚语。"快乐的狗"指喝得微醉的酒徒。

方面都可以看出她具有刚强的意志和超人的圣洁。然而，问题就在这里：那种对财富的光荣感，正在开始起腐蚀作用。他们的生活又一次证实了一条早已在这世上被多次证实的可悲的真理，即：虽说道德准则对防止自我炫耀与令人堕落的邪恶是一种强大而崇高的力量，但贫穷却具有六倍于它的力量。他们净赚了四十多万呀！于是他们又提起了那婚姻问题。牙医和律师都不再被提起了；根本没有再提到他们的理由了，他们都已退出追逐者的行列。都被取消了资格。他们评议了肉类包装批发商的儿子和村镇上银行总裁的儿子。但是最后，仍像以前那样，他们决定还是暂时等待和仔细考虑，必须审慎和沉着从事。

　　他们又一次鸿运高照。亚历克经常留意市场动态，这时发现了一个值得冒险的大好机会，于是就大胆孤注一掷。此后那一个时期里，她一直是那样提心吊胆，疑虑重重，坐立不安，因为，如果这一次不能成功，那就意味着破产，彻底破产。结果终于揭晓，亚历克快活得差点儿晕倒，她说这话时几乎无法控制她的声音：

　　"焦急的时刻终于过去，萨利——现在咱们有整整一百万的家产了！"

　　萨利感激涕零地说：

　　"哦，伊莱克特拉，你这位巾帼英雄，我的心肝宝贝，咱们终于可以大手大脚地花钱了，咱们已经成为富豪了，咱们再不需要那样省吃俭用了。这下子可以来点儿克利科寡妇①了！"于是他取出一品脱云杉啤酒，不惜大大地破一次财，他说："管他妈的，就多花它几个钱吧。"她湿润的眼里表示了谴责，但又含有喜意，口气温和地训斥了他几句。

---

① 香槟酒牌名。因普鲁士国王赞雷德里克·威廉四世（1795—1861）最爱喝这名牌酒，于是英国《笨拙》杂志给他起了一个绰号，叫"克利科"。

大作家讲的小故事

他们把肉类包装批发商的儿子和村镇银行行长的儿子一起抛在脑后,然后坐下来考虑州长的儿子和国会议员的儿子。

六

从此以后,福斯特夫妇虚幻的财富不断飞速地增长,如果这里一一加以叙述,那将是沉闷无聊的。然而,那情形却是神奇的,那情形是令人晕头转向的,那情形是令人眼花缭乱的。每一件东西,只要经亚历克手指一点,就会变成神话中的黄金,金光灿烂地向天空中堆积上去。千百万元的财富已奔泻而来,那巨大的洪流仍在汹涌澎湃地隆隆作响,那财源的流量仍在继续增长。五百万——一千万——两千万——三千万——难道就永远没有尽头了?

两年的时光就在那无比的狂热幻想中飞也似的过去了,如醉如痴的福斯特夫妇简直来不及注意时光的流逝。现在他们已经拥有三亿元的财富;他们已经是全国每一个庞大联合企业的董事;而随着时间的推移,成亿的财富仍在不断地递增,一次五百万,一次一千万,快得几乎使他们来不及合计。那三亿元翻了一番——再翻一番——接着又翻一番。

已经有二十四亿元了!

事情显得有点儿乱了。必须清点一下所有的财产、整理一下各项账目。福斯特夫妇知道这一点,他们意识到这一点,并且完全明白这是迫切需要做的事;然而同时他们也知道,如果要一丝不苟地彻底做好这件事,那必须从一开始就一气不停地做到结束。那工作需要十个小时;可是他们怎能找到连续十个小时的空闲时间呢?萨利每天从早到晚忙着卖别针和食糖,还有那花布;亚历克每天从早到晚忙着烧饭和洗盆子,还要打扫屋子和整理床铺,又没一个人帮助她,因为两个女儿都得精心呵护,留着进入上层社会呢。福斯特夫妇知道，有一个办法可以安排那十个小时，而且那是唯一的办法。两个人都不好意思说出那一办法；每个人都在等候着另一个人先开口。最后还是萨利说：

"总得有一个人放弃原则。那么这件事就由我来承担吧。考虑一下我所提出的——我不妨把它明说出来。"

亚历克脸红了，然而为此倒很感激他。他们俩二话没说，就此不能自拔。既然已经不能自拔，于是——他们不再去守什么安息日①了。因为那一天是他们唯一可以连续十小时自由活动的日子。这只是走向堕落之路的另一步。其他的步子自会接踵而来。巨大的财富是具有诱惑力的，它们会不可避免而又十拿九稳地破坏那些暴发户的道德观念基础。

他们拉上遮阳窗帘，不再去守安息日。他们花了很大的工夫，费力地、耐心地全面检查了他们的股权，并将它们逐条列入清单。那是长长一大串多么惊人的项目啊！从铁路系统开始，有轮船公司、美孚油公司、远洋电报公司、微音电报机公司以及其他等等，最后是克朗代克的金矿，德比尔斯的钻石矿，坦慕尼协会的非法资助②，再有那些邮政局里来历不明的证券优先购买权。整整二十四亿元，都安全地投入了赚大钱的好买卖，买进了高度可靠的、利息优厚的股票。收益吗，那是每年一亿二千万。亚历克发出了表示轻松愉快的长长的呼噜声，说：

"这么多足够了吗？"

"足够了，亚历克。"

"咱们下一步怎么办？"

---

① 犹太教徒以星期六为安息日，而基督教徒则以星期日为安息日，又称主日，在那一天礼拜上帝，停止工作，称为守安息。

② 美国坦慕尼协会为纽约市民主党实力派一七八九年成立的组织，由于种种贪污受贿劣迹，这名称已成为政治腐败的同义词。

大作家讲的小故事

"就把本保住吧。"

"不再做交易了？"

"正是。"

"我同意。正经事已经办完；就让咱们度一次长期的休假，享受一下金钱带给人的快乐吧。"

"好！亚历克！"

"那么怎样去花它，亲爱的？"

"那收入中，咱们可以花它多少？"

"全部给花了。"

她丈夫只觉得成吨重的锁链从他胳膊上解脱了。他一言不发，快活得连话都说不出了。

此后，逢安息日，他们索性不再去守它了。这是对他们失足颇有影响的第一步。每逢星期天，做完早祷，他们就将整天的时间都消磨在凭空想象中——想象如何花那些钱。他们开始不停地从事这种惬意的、但是无聊的消遣，一直这样取乐到深夜；每次在一起商量时，亚历克总是将数以百万计的巨款花在慈善捐助和宗教活动方面，而萨利则将同样多的钱花在另一些事情上，他（起初）还为这些事说出一些确切的名目。但只是起初如此。稍后那些名目就逐渐变得隐约含糊，而最后则索性被归纳为"杂项开支"，全部变成了不加说明的用途——但这样搪账倒是安全的。原来萨利正在堕落。这样动用千百万元的款项，就严重地、十分令人感到不安地增加了家里的开销——如购买蜡烛的用费。有一段时间，亚历克为此烦虑。后来，又过了一阵，她就不再去烦虑了，因为她发愁的原故已显得无足轻重了。她感到苦恼了，她感到羞愧了；但是她什么话也没说，就这样，她和他同流合污了。他不断地从店里带走蜡烛；他不断地偷窃店里的货物。原来，人性一向就是如此。对于那些不习惯于暴发起家的人，巨大的财富只能是一种毒害；它会深深地腐蚀人们的良心。以前福斯特夫妇贫困时，你可以将无数枝蜡烛交给他们保管。可是如今他们……我们还是别再去谈那些事吧。从蜡烛到苹果，其间相差只一步：萨利开始偷苹果了；然后是肥皂；然后是槭糖；然后是罐头食品；然后是陶器。只要我们一开始走下坡路，此后逐步堕落是多么容易啊！

同时，在福斯特夫妇发家致富的胜利进军过程中，更有其他一些现象为他们标志了里程碑。原来虚构的那所砖砌住宅已改成为一幢想象中的花岗石房屋，上面是方格图案折线形的屋顶；不久这幢房子又消失，出现了一所更为宏伟的住宅——就这样，一个又一个地轮流变换。虚构的宅第一所替换另一所，依次拔地而起，一所比一所更为高大，更为宽阔，更为精致，然后又一所所轮流地消失；直到最近这些不平凡的日子，我们这两位梦想者索性住在虚无缥缈的幻境中了。那是在一个遥远的地区，一座豪华巨大的宅邸里，从林木蓊郁的山顶下望，那是一幅多么壮观的景色啊：山谷，溪流，迤逦远去的丘陵，浸没在一片淡淡的迷雾中——而这一切都是属于他们俩私有的，都是这两位梦想者的产业；瞧那宫中熙熙攘攘，都是身穿号衣的仆役；人来人往，都是来自世界各大都会的贵宾，有国外的，也有国内的，既有名气也有权势。

这所豪华住宅真遥远呀，远在日出的地方，远得无法用里程来计算，那是一个天文数字的距离，在罗得岛的新港，那是高层社会的圣地，是美国特权阶层的不可冒犯的领域。他们每逢安息日——做完了早祷——就在这所豪华住宅中度过一部分时间，然后去欧洲消磨其余的时间，或者是乘他们的私人游艇，去各地悠闲自在地游玩。六天在湖滨镇边那条弯道上的老家中过那拮据可怜的、单调乏味的现实生活，而一到了第七天，就进入了另一个神仙世界——这

大作家讲的小故事

已成为他们的固定日程和生活习惯。

　　在受到严格限制的现实生活中，他们仍然和原先一样——总是那样艰苦辛劳，勤奋工作，小心谨慎，务求实际，节衣缩食。他们始终忠实于小小的长老会教堂，总是孜孜不倦地为它效力，全心全意地坚持它那崇高的、严格的教义。但是，在梦幻生活中，他们却无法抵制自己幻想的诱惑，不管它们是出于什么类别，也不论它们是怎样地变换。亚历克的幻想并不是十分反复无常的，也不是十分频繁多样的，但萨利的幻想却非常杂乱。在她的梦幻生活中，亚历克改信了新教圣公会，因为那里设有很高的官派头衔；此后她又皈依了高教会派，因为那里总是点燃着更多的蜡烛，摆出了更大的排场；此后她当然又向往罗马教廷，因为那里有红衣主教，点着更多的蜡烛。但是，对萨利的信仰来说，这些变迁都是无所谓的。他的梦幻生活是一长串光辉灿烂的、连续不断的、持久不衰的兴奋刺激，他总是使其中的每一部分，由于频频的变化，显得新鲜有趣、光怪陆离，而宗教的一部分也和其他的一样。他对自己的宗教活动干得很起劲，同时，又像换衬衫那样，它们是可以朝穿夕换的。

　　早在初暴发时，福斯特夫妇就开始为想象中的目标大花其钱，并随着他们财富的日增，而逐步挥霍无度。不久，他们那样花钱，确实已达到惊人的程度。亚历克每逢星期天，就要建立一两所大学校；还要开办一两座医院，还要开一两家罗顿宿舍[①]；还要建立一批教堂，有时候还要盖一个大教堂；有一次萨利不知轻重，信口开玩笑说："可惜天太冷，否则她会装一船传教士，去开导那些食古不化的中国人，劝他们用价值二十四开纯金的孔子学说交换那些篡改了的基督教教义。"

[①] 一种租给穷人住的寄宿舍，取名于英国社会改革家罗顿勋爵。

听了这几句粗鲁和冷漠的话，亚历克感到很伤心，她一路哭着离开了。他看到这情景，大为震动，在一阵痛苦和羞愧中，为了要收回这些冷酷无情的话，他甚至不惜要作出任何牺牲。她并没说一句谴责的话——这就更使他感到难堪。她始终没作出暗示，要他回顾自己以往的行为——其实，她是尽可以向他说明的。哦，有那么多的话，而且是十分刺耳的话！她那样表示宽宏大量，保持缄默，无异于迅速对他作了报复，因为这就使他进行反省，并回顾了那可怖的一系列行为，还有过去几年里，享有无限的财富时，他生活中那些一再出现的丑态；于是，他就坐在那里，去回顾这一切，这时他的面颊涨红了，他的心灵沉浸在羞愧之中。瞧瞧她是怎样生活的——那是多么正派的，而且是在不断地上进；再瞧瞧自己的生活——多么轻浮，满脑子庸俗的虚荣，多么自私，多么无耻，多么下流！而且这一切的趋势——绝不是在上进，而是在堕落！

他将她的诸多行事和自己的所作所为进行比较。他曾经抱怨她——此刻他已坠入沉思——他居然会抱怨！他还能为自己说些什么呢？她建造她的第一座教堂时，他在干什么？他正在伙同其他一些花天酒地玩腻了的亿万富翁组织一个扑克俱乐部；让那些人在他的宅邸里闹得乌烟瘴气；每一场赌博输掉成千上万，同时还因为人家夸他摆阔而愚蠢地自鸣得意。当她建立第一所大学时，他在干什么？他正在腐化自己，和另一伙财富上拥有成千上万、品德上不值分文的酒色之徒过那种寻欢作乐、荒淫无耻、见不得人的生活。当她正在建立第一所育婴堂时，他在干什么？咳！当她筹划她那高尚的贞洁会社时，他在干什么？咳，在干什么，那就别去提它啦！当她跟基督教女禁酒会和妇女小斧头会①勇往直前地展开运动，肃清

---

① 一个宣传禁酒的组织。美国禁酒主义者卡里·阿米莉亚·纳辛（1846—1911）曾用短柄小斧捣毁三十家酒吧间，故以此为会名。

大作家讲的小故事

全国酒类的毒害时,他在干什么?他一天里三次喝得醺醺大醉。她这位上百座大教堂的建造者去到教皇的罗马时,受到感谢者的欢迎和祝福,并光荣地接受了金玫瑰①,那时他又在干些什么?他在蒙特卡洛抢劫那家银行。

他不再去想了。他不能再往下想了;其他的事,想起来简直叫他无法忍受了。他站起身来,下定决心,准备吐露真情:应当将这种见不得人的生活向她通盘暴露,坦白加以承认;他再不愿偷偷摸摸地过那种生活了;他要把所有的一切全都告诉她。

于是,他就按计行事。他将一切都告诉了她;然后倒在她怀里痛哭,又是哭泣又是呻吟,哀求她的宽恕。那是一次剧烈的震惊,她在这一打击下再也无力支持,然而,他是属于她的,是她的心脏,是她心目中的幸福,是她一切的一切,她什么都不拒绝他,她宽恕了他。但她意识到,他对她再也不能像以往那样了;她知道,他只能悔过,但不能自新;然而,尽管他在道德方面已经面目全非,腐化透顶,难道他不是仍旧属于她的,不是完全属于她的,不是她永生永世崇拜的偶像吗?她说她是他的农奴,是他的奴隶,于是她敞开了她那同情的胸怀,终于容纳了他。

七

此后不久,一个星期天下午,他们乘了自己梦想中的游艇,在夏日的海洋上遨游,懒洋洋地斜靠在后甲板的天篷下面。他们俩都不说什么,因为每个人都有满腹心事。这种沉默的时光,最近不知怎的出现得越来越频繁了,以往的那种亲密与热情,正在逐渐地冷淡。萨利那次可怕的坦白起了作用;亚历克也曾竭力不去回忆它,

---

① 金制的饰物,教皇于四旬斋内赠送给信奉天主教的君主等。

但它怎么也不会被驱散，于是它带来的那种羞耻和痛苦就毒害着她那美好的梦幻生活。现在（是星期天）她可以看出，她的丈夫是这样一个虚有其表的、惹人嫌恶的人物。她不能不理会这一切，于是，在这些日子里，在星期天，只要是可能的话，她总是不再去看他一眼。

然而她——难道她自己就没有缺点了吗？咳，她知道自己并非如此。她有一件事情一直瞒着他，她对他不够忠实。这件事曾多次使她感到心痛。原来她正在破坏他们之间的协定，把那件事瞒过了他。她经不起强烈的引诱，又开始做投机生意了。她已将他们全部财产孤注一掷，用定金交易方式，去购买全国所有铁路系统的以及煤矿和钢铁公司的股份，于是，现在每逢安息日，她总是提心吊胆，唯恐一句话失言，他会发现那个秘密。由于心怀鬼胎，感到痛苦和悔恨，她就不禁对他表示怜惜；她感到十分内疚，每次看见他躺在那儿，醉后心满意足，从不怀疑她干了一些什么——绝对地信任她，信任得使人觉得他怪可怜的，而她却用一根细丝，在他头顶上空悬着可能突然降落的飞灾横祸，那是一件毁灭性的——

"怎么——亚历克？"

这一句插话使她突然从沉思中清醒过来。她庆幸这样可以不再去想那困扰人的问题了，于是声调中带着旧日的无限柔情说：

"说吧，亲爱的。"

"你可知道，亚历克，我以为咱们正在犯一个错误——意思是说，你正在犯一个错误。我指的是配亲的事。"他坐起来，肥胖得像一只青蛙、慈祥得像一尊青铜佛像，神情显得那么认真。"你倒仔细想想——已经有五年多了。你始终抱着同一个主张：随着每一次地位的升级，总是要把售价抬高五个点。每当我认为咱们该是举行婚礼的时候了，你总是又展望到另一个更好的对象，于是

大作家讲的小故事

我又一次感到失望。我以为你也太难满足了。将来有一天，咱们会落得一事无成的。最初，咱们回绝了那个牙医师和那个律师。这件事做得对——这很有见地。接着，咱们回绝了那个银行总裁的儿子和那个猪肉商的继承人——这也做得对，而且很有见地。接着，咱们回绝了国会议员的儿子和州长的儿子——这是完全正确的，这一点我得承认。接着是参议员的儿子和美国副总统的儿子——这是百分之百的对，那些小小的荣誉称号是不能保持长久的。后来，你看中了贵族；我想这一下子我们终于找对路了——可不是。咱们要冲进那"四百人"①的圈子，拉他们几个世家出身的人物，是门第高贵的，是神圣不可冒犯的，保有一百五十年来陈旧的醇味，散发净了一世纪前祖先身上那种咸鳕鱼和生羊皮的臭气，此后再也没有因为干了一天活儿而辱没了自家的门第；那么后来呢！哎呀，后来当然要把亲事定下了。可是并没有，这时候打欧洲来了两个货真价实的贵族，你一下子就摔掉了那些杂牌货。这多么叫人灰心呀，亚历克！此后，来了多么大一串人啊！你回绝了那些从男爵，换了两个男爵；你回绝了男爵，换了两个子爵；回绝了子爵，换了两个伯爵；回绝了伯爵，换了两个侯爵；回绝了侯爵，换了两个公爵。我说呀，亚历克，我劝你就退出这场赌博吧！——你已经赌到底了。这一批杂货，一共四个公爵，供你出价，让你拍板成交；他们属于四个不同的国籍；都是名气很大，身体健壮，家世清白，同时也都是破了产，债台高筑的。他们要价很高，但是咱们能付得起。我说，亚历克，别再拖下去了，别再叫人老是这样牵肠挂肚了：就把所有这些货色一起摆出来，让两个妞儿自己去挑吧！"

萨利指责她对婚事的主张时，亚历克始终怡然自得地微笑着；

① 指纽约的上层社会中的名流。美国名律师塞缪尔·沃德·麦卡利斯特（1827—1895）一次说："纽约上层社会中一共只有大约四百个重要人物。"

似乎在得意中稍稍含有惊讶,她眼中闪出愉快的光芒,然后竭力故作镇静地说:

"萨利,你认为这样好不好——去配他一门王族?"

这可太妙啦!可怜的人,他被这主意吓傻了,一下子就倒在龙骨翼板上,被系锚杆擦破了小腿。有一会儿工夫,他高兴得晕头转向,然后,打点起精神,一瘸一拐地走过去,在妻子身旁坐下,昏花的眼里不住地闪出往日的那种倾慕与柔情。

"我的天哪!"他热情激动地说,"亚历克,你真够伟大呀——你是世上最伟大的女性!我永远无法估量你究竟伟大到什么程度,我永远认为你莫测高深。我还认为自己在这问题上有资格批评你的计划哩。瞧瞧我这个人!咳,要是能再花点儿时间去想一想,我就会猜到你有一条锦囊妙计。喂,好心肝,我太性急了——快把你的主意说给我听!"

被奉承得心花怒放的女人,把嘴凑近他的耳朵,悄悄地说出了一位王子的名字。他听了这名字,一口气再也透不过来,脸上映出了狂喜的光彩。

"天哪!"他说,"这选的可是一个再好也没有的对象!他开设了一家赌场,备有一片墓地,那里有一位主教,还有一座大教堂——全都归他私人所有。他持有利润百分之五百的金边股票,每一种都是最可靠的;再拥有一小宗全欧洲最令人满意的地产。单说那片墓地吧——它是全世界最高级的;除了那些自杀者而外,谁也不许埋在那里;真的是这样,那些免费进入墓地的办法都一概取消了。公园中的土地并不多,但是有那么多也足够了:墓地占地八百英亩,外缘还有四十二英亩。它代表君权——这一点很重要;土地算得了什么。土地还怕少了不成,在撒哈拉,土地有的是。"

亚历克容光焕发;她高兴极了。她说:

大作家讲的小故事

"你倒想一想，萨利——那家人是从来不跟欧洲各王族以外的人通婚的：这一来咱们的外孙可要登上王位了！"

"你这话说得一点儿不差，亚历克——还要手持节杖，那样自由自在地、满不在意地使用它，就像我使用那根码尺一样。这可是一个称心如意的婚配对象，亚历克。他已经被咱们捞到手了，对吗？再也溜不掉了吧？你该不是把他当做一笔定金交易做吧？"

"不是的。在这一点上，你可以尽管相信我。他并不是一笔债务，他是一份资产。再有那另一个也是如此。"

"他又是谁，亚历克？"

"是西格斯蒙德—西格弗里德—劳恩费尔德—丁克尔斯皮尔—施瓦尔贞伯格—布户特沃斯特殿下，他是卡贞雅默尔的世袭大公。"

"这不可能嘛！你这是在信口开河！"

"我说的全部是实话，我向你保证。"她回答。

现在他一切都如愿以偿；在一阵狂喜中，他将她紧紧搂在怀里，说：

"看来这一切真是太好了，真是太妙了！那是三百六十四个古老的德国公国中历史最悠久和地位最崇高的一个公国呀，也是俾斯麦①削减王族的产业时，少数被允许保留他们产业的呀。我知道那儿的一片农场，我去过那地方。那儿有一个制绳工厂，还有一个蜡烛厂，还有一支军队。那是常备军。包括步兵和骑兵。三名士兵和一匹战马。亚历克，咱们等了这么久，多次让人感到伤心，咱们的希望一再不能如期实现，可是，这会儿天知道我有多么快活。真快活呀，同时我要感谢你，我的亲人，这一切都应当归功于你。日子

---

① 俾斯麦（1815—1898），普鲁士王国首相（1862—1890）和德意志帝国宰相（1871—1890），任首相时，推行铁血政策，有"铁血宰相"之称。

126

定在哪一天？"

"下星期日。"

"好。咱们可要按照最时兴的方式把她们的婚礼办得最豪华。要举行完全适合第一流社会人士参加的王族的婚礼宴会。再有，据我了解，只有一种婚礼，那是王族专用的，是只有王族可以用的：那就是贵贱婚礼①。"

"为什么叫这名字呀，萨利？"

"这我也不清楚；反正那是王族的，只有王族才可以使用。"

"那么咱们就非举行这种婚礼不可。再说——我一定要男家做到这一点。必须是贵贱婚礼，否则就不跟他们结婚。"

"一言为定！"萨利说，高兴得直搓手。"在美国那将是破天荒第一次。亚历克，这件事新港人听了会感到不是味儿的。"

于是他们都坠入沉思，鼓动幻想中的双翅，一路飞翔到海角天涯，去邀请所有的君主和他们的王族，并为他们支付了旅费。

八

那三天里，夫妻俩在幻想中昂首阔步，趾高气扬。他们只是迷迷糊糊地觉出四周的动态，那好像是透过一层薄纱，看到一切都是那么影影绰绰的；他们完全进入了一个梦幻世界，人家对他们说些什么，他们往往没有听见；有时他们听见了，却往往没听懂说的是什么；他们答话时，总是那样颠三倒四的，那样漫不经心的；萨利卖糖蜜时用秤去称它，卖食糖时用尺去量它，顾客要买蜡烛，他给了人家肥皂，亚历克把猫浸在洗衣盆里，拿牛奶去"喂"那些脏衣

---

① 看来萨利并不了解这一名词的真正含义，以为那对女家是一种光荣，殊不知所谓"贵贱婚姻"，指王子或贵族成员与平民结婚，按照欧洲旧习，妻子将保留原来的较低地位，子女不得继承其父的世袭头衔与财产。

大作家讲的小故事

服。人们都对他们感到十分惊讶,都在四下里窃窃私议,说:"瞧福斯特两口子,这究竟是怎么一回事呀?"

三天之后。大喜事从天而降!一切有如锦上添花,连续四十八小时,亚历克的那个幻想中的垄断市场上的行情已在狂涨。涨呀——涨呀——仍在不断地涨!已超出收购价的点数了。仍在上涨——再上涨——上涨!超过收购价五点——然后是十点——十五点——二十点!这次巨大的短期投机已获得二十点的纯利,这时亚历克幻想中的经纪人正在幻想中的长途电话里狂吼:"脱手吧!脱手吧!看在上帝份上,这就脱手吧!"

她把这件大喜事告诉了萨利,他也说:"脱手吧!脱手——可别错过了这机会,哎呀,整个世界的财富都归你所有了!——脱手吧!"但是她已铁了心,准备一战告捷,表示哪怕是为它拼了,也要等到再涨上五点。

这可是一次灾难性的决策。就在那第二天,发生了空前未有的暴跌,创纪录的暴跌,毁灭性的暴跌,华尔街的股票行情下降到了最低点,全部金边股票①在五小时内跌了九十五点,可以看到那些亿万富翁在鲍厄里街②上讨饭。亚历克拼命坚持不脱手,一定要把全部赌注押在这一门上,但是最后电话来了,她再也无法招架了,她那些幻想中的经纪人强制出售了她的全部所有。这时候,直到这时候,她那男子汉的气魄终于消失,她那女人的本色又重占上风。她搂住她丈夫的脖子,边哭边说:

"都怪我不好呀,你就别说原谅我的话了,我再也受不了啦。咱们都成了穷光蛋!穷光蛋,我心里真难受呀。再也不能举行那些婚礼了;一切都成为过去的事了;现在咱们连那个牙医师都收买不

---
① 一般认为是高度可靠的股票。
② 指纽约的鲍厄里街及其附近的贫民区,那里有很多酒吧和供流浪汉投宿的廉价旅馆。

起了。"

萨利嘴痒痒的要这样责怪她几句:"我也曾求你卖了它们,可是你——"他这几句话没能说出口;他不忍见这伤心透顶、悔恨交集的人受到更多的痛苦。他转到了一个更为高明的见解,他说:

"振作起来吧,我的亚历克,并不是一切都完了呀!你实际上并没动用我大叔的遗产里的一文钱去投资,你用的只是那些还没到手的钱;咱们赔了的只是那些凭你无比的理财眼光从未来的财富中赚来的钱呀。鼓起兴致来,别再伤心啦;咱们那三万元还没动用过哩;凭你积累的经验,想想看,你在一两年内能利用它创造出多大一番事业!结婚的事并没取消,只是推迟了一些时间。"

这几句话给人带来了安慰。亚历克意识到这些话实在有道理,它们给人的影响是够刺激的。她不再哭了,她的雄心壮志又完全恢复。她双目炯炯闪亮,心中满怀感激,举起一只手来发誓和保证:

"现在我在这里声明——"

但是她的话被一位来客打断了:那是《萨加摩尔周刊》的老板兼主编。他顺便来湖滨镇,按惯例去看望他那位鲜为人知、即将去世的外祖母,而在做这件带有伤感意味的私事时,兼顾到本人的公务,要来拜访一下福斯特夫妇,原来他们在过去四年内一向将全部精神集中在其他事务了,以致忘了付他们的报费。总共欠了六元。没有另一位来客比他更受欢迎了。他会知道一切有关蒂尔伯里大叔的近况,并且会知道他什么时候有可能入土为安。他们当然不能提出这一类的问题,因为那样就会断送了那份遗产,然而他们不妨就这一问题拐弯抹角地闲谈,这样就可以得到一个答案。可是这办法并不能奏效。这位顽钝不灵的主编始终不明白他们是在试探他;但是,最后,一件偶然涉及的事却完成了那件存心要做而不能做到的事。为了要说明当时正在谈论的一件什么事情,需要借助于一个比

大作家讲的小故事

喻，于是主编说：

"我的天哪，这就像蒂尔伯里·福斯特那样招惹不起——像我们那地方惯说的。"

这句话来得很是突然，福斯特两口子听了猛地一惊。主编注意到了，于是道歉说：

"这并没有恶意，我向二位保证。这只是一句常说的话；只是一句玩笑话，你们瞧——那没什么其他的含义。那是你们的本家吗？"

萨利压下了强烈的焦急心情，竭力装出毫不在意的神气说：

"我吗——嗯，我并不认识他，我们只是听人家谈到他。"

主编感到欣慰，又恢复了镇静。萨利接着问："那么他——他现在——身体可好吗？"

"他身体可好？哎呀，天哪，他已经死了整整五个年头了！"

福斯特两口子伤心得浑身颤抖，然而又像是觉出喜悦。萨利的话用意叫人难以捉摸——那口气是在试探：

"啊，是呀，人生就是如此嘛，谁也无法逃过——连那些阔佬也不能幸免呀。"

主编哈哈大笑。

"如果您把蒂尔伯里也包括在内，"他说，"这话就不大恰当了。他呀，连一个大钱也没有；镇上的人只好拼凑些钱葬了他。"

足足有两分钟，福斯特两口子就那样呆坐在那里；呆头呆脑，毫无表情。然后，面色苍白，声音微弱，萨利问道：

"这是真的吗？您确信这是真的吗？"

"咳，这还用说！当时我是遗嘱执行人之一。其他什么东西都没有，他只留下了一辆独轮车，他把那车留给了我。它连车轮都丢了，根本没用处。虽然如此，那究竟是一件东西，所以，为了了却这份情,我就为他胡乱写了一篇悼词,只是因为版面不够,没刊登出来。"

福斯特夫妇并没去听——他们杯里的苦酒已满,再也容纳不下更多的了。他们坐在那里,耷拉着脑袋,对其他一切都已麻木,只觉出心中的那一阵痛。

一小时过去。他们仍旧坐在那里,低垂着头,一动不动,一言不发,客人早已离开,他们并未觉察。

后来,他们开始动弹了,都懒洋洋地抬起头,彼此对瞪着,心事重重,神思恍惚,茫然无主;紧接着,他们就开始相互说一些胡话,七颠八倒的,幼稚可笑的。每隔一些时候,一句话还没说完,他们又陷入沉默,好像忘了自己在说些什么,或者,不知道该如何往下说。有时候,他们从这种沉默中清醒过来,在意识恢复后那迷糊的、短暂的片刻中,偶然想起了什么;于是他们哑口无言,怀着热烈关怀的心情,彼此轻轻地爱抚着对方的手,表示相互怜惜,要相依为命,那样子仿佛是在说:"我就在你身边,我不会丢下你,让咱们共同承受这打击;迟早有一天咱们会获得解脱,会忘了一切,总会有一个坟,有一个让咱们安息的地方;耐心等待吧,时间不会久了。"

他们在精神痛苦者的黑夜中又生活了两年,老是那样默默地沉思,完全沉浸在模糊的悔恨与愁郁的梦境之中,从来不说什么;然后,终于在同一天里,他们俩一同获得解脱。

临终时,有一会儿工夫,萨利受了严重损伤的心灵上笼罩着的阴影消失了,于是他说:

"巨大的财富,突然在有害于身心健康的情况下获得的财富,那是一个陷阱。它对我们没有好处,它带给人的那种狂欢是转瞬即逝的;可是,由于它的原故,我们却抛弃了自己美好的、简朴的、

大作家讲的小故事

幸福的生活——让他人都将我们的例子引以为戒吧。"

他闭上了眼睛，静默了一会儿；然后，死亡的寒气慢慢地向上移近他的心头，他脑海中的知觉也逐渐暗淡模糊，他嘟哝道：

"金钱曾给他带来苦恼，他却向我们从来没招惹他的人进行报复。他满足自己的欲望：设下那卑鄙的、狡猾的阴谋，只留给我们三万元，知道我们会想方设法，利用它赚更多的钱，这样就会毁了我们的一生，也伤透了我们的心。其实，用不着他多破费，他原可以让我们不致受贪财的影响，不致受投机的诱惑，一个心肠更善良的人是会那样做的，可是他呀，他没有那种宽宏大量，没有怜悯他人的善心，没有——"

赏析与品读

这是一个无饵垂钓愿者上钩的把戏，远方的亲戚并没有三万元遗产，却轻而易举地毁掉了一对老实夫妻的生活。原本踏实节俭的夫妻把这笔巨额遗产当成了幻想的源头，幻想着如何利用它钱滚钱、钱生钱，他们无疑是最出色的幻想家，他们沉浸在自己编织出来的虚荣的金钱梦中，久而久之这梦变成了一种享受、一种习惯，甚至变成了一种带着迷幻药剂的魔法，让人沉醉，连他们自己也分不清真假。

马克·吐温把人性的欲望与贪婪刻画得非常好，欲望越大，幻想越美，到头来原本无关紧要的现实也会变得越残忍。金钱，一旦沉迷其中，便会吞噬良知，摧毁生活，至死方休。

我最近辞职的经过

● *带着问题读一读，你会收获更多* ●

1. "我"为什么要辞职？
2. 请概括一下"我"和海军部长谈话的主要内容。

大作家讲的小故事

一八六七年十二月二日,于华盛顿。

我辞职不干了。看来,政府机构大体仍旧照常运转,然而它在体制上总像缺少了一点儿什么。我原先是参议院贝壳学委员会的职员,后来我掼了纱帽。我看得出,政府中其他官员分明都存心不让我对国家大事抒发己见,以致我再不能同时既保住我的职位,又维持我的自尊心。如果我一桩一件地列举出本人在政府中任职那六天里所受的许多肮脏气,那我尽可以根据它们写成一大卷书。政府一经派我在参议院贝壳学委员会里任职,此后就不许我跟抄写员打弹子。且不管这件事叫人感到多么冷清无聊吧,但是,只要内阁中其他成员对我以应有的礼数相待,我仍旧会忍耐下去的。然而,我并没受到应有的礼遇。每次注意到一位部长在执行一条错误的路线,我就丢下所有的公事,跑去找他,试图把他扭转过来,因为那是我的责任呀;然而他们一次也没因为我这样做而感谢我。单说那一次我完全是出于一片好意,跑去见海军部长,说:

"阁下,我看法拉格特海军上将①只是在欧洲打过零星的遭遇战,那样子简直像是带着干粮出去野餐。喏,也许有人以为那样很好,可我的看法就不同。如果没什么硬仗叫他去打,那干脆就叫他回来吧。别叫他一个人领着一大支舰队出去旅游呀。那样太浪费了。请注意,我并不反对海军将领旅游——但那必须是合理的旅游——经济的旅游。喏,他们可以乘上筏子沿密西西比河顺流而下……"

我真希望你们听一听他那样咆哮如雷!人家还以为我犯了什么弥天大罪哩。可是,我也不去计较它。我说乘筏子游览很便宜,它像共和党人办事一样简单,而且十分安全。我说,如果要安安逸逸地旅游,再没比乘筏子更好的了。

---

① 戴维·格拉斯哥·法拉格特(1801—1870),一八六六年任美国海军上将。

这时候海军部长问我是谁；我告诉他我是政府官员，他要知道我当的是什么官，我并没注意他这句话问得有多么古怪，我说，既然我是以同一政府的官员的身份去到那里，我不妨告诉他我是参议院贝壳学委员会的职员。瞧他当时那样大发雷霆呀！最后他命令我离开那里，叫我以后只管自己的事。我首先想到的是要罢了他的官。但是，那样做会连累其他的人，而实际对我并没有好处，所以我还是让他留任了。

我下一步是去找陆军部长；他起先根本不愿意接见我，后来知道我是政府官员才同意了。然而，要不是因为我有要事造访，猜想他还是不会放我进去的。我向他借了个火（当时他正在吸烟），接着就对他说，他曾经为李将军①及其战友编制的口令规定进行辩解，我认为那件事倒是无疵可议的，可我就是不同意他在大草原上跟印第安人作战的方式。我说他那样作战，兵力太分散了。他应当把印第安人更紧密地聚集在一起——把他们聚集在一个地形对我们有利的地方，让双方都可以在那里作出充分的准备，然后来它一次大屠杀。我说，对一个印第安人来说，再没比进行一次大屠杀更能使他知道我们的厉害的了。如果他不赞成这样一场屠杀，第二个制服印第安人的最可靠的方法就是让他使用肥皂，再向他灌输教育。肥皂和教育虽然不能像屠杀那样立见功效，但是，日子久了，这两者更能够要他的命：因为，你虽然把一个印第安人杀得半死，他仍旧会恢复健康，但是，一旦让他受了教育，把他洗得干干净净，那他迟早非完蛋不可。那样就会摧毁他的体质；那样就会砸烂他的命根子。"阁下，"我说，"时刻已经到来，必须立即采取一次惊心动魄的残酷行动。就用肥皂和识字课本去整治所有蹂躏大草原的印

---

① 罗伯特·爱德华·李（1807—1870），美国将军，南北战争时曾任南部联军总司令。

大作家讲的小故事

第安人，让他们统统完蛋吧！"

陆军部长问我可是一位内阁成员，我说正是。他打听我担任的职位，我说是参议院贝壳学委员会的职员。这时候他就以"藐视长官"的罪名命令拿下了我，而我就在失去自由的情况下消磨了那一天的大好光阴。

我几乎下定决心，准备从此以后钳口结舌，随政府任意行事，但愿他们好自为之。可是，责任感激发了我，我要尽自己的责任。于是我去拜访财政部长。他说：

"您要什么呀？"

我可没防着他有这么一问。我说："要点甜潘趣酒吧。"

他说："如果您到这儿来有什么事，阁下，那就请说吧——尽可能说得简括一些。"

于是我说，他这样突然调换了话题，使我感到很是遗憾，因为我觉得这样待客是十分无礼的；但是，在当时的情况下，我最好还是不去介意这件事，我应当把话直接说到点子上。接着我就开始苦口婆心地劝导他，说他写的报告过分冗长。我说那样写法是浪费笔墨，是不必要的，是措辞拙笨的；报告中没描绘的文字，没诗意，没感情——没主角，没情节，没图画——甚至没一幅木版画。显而易见，是不会有人阅读它的。我再三劝他不要发表那样一篇文章，以免有损他的声誉。如果他真的希望蜚声文坛，那么他就必须在他的作品中掺入更多花哨的东西。他就必须略去那些枯燥无味的琐碎细节。

我说，一本历书[①]之所以受人欢迎，主要就是因为它刊有诗歌，载有谜语；如果能够在他写的财政报告里前后穿插一些谜语，

[①] 旧时欧美的"历书"，系现代杂志的前身，其中除介绍月令，还刊载一些有趣的游戏文字。

那样就可以增加它的销量，那样它的收益就将超过它能列入报告的全部国内税收。我说这些话的时候，怀着最良好的意愿，可是那位财政部长却勃然大怒。他甚至骂我是一头蠢驴。他好像怀着深仇大恨似地骂我，说如果我再去那儿干涉他的事，他就要把我从窗子里扔出去。我说，如果不以和我官体相称的礼数相待，我就要拿起我的帽子离开那里。而结果呢，我真的是那样做了。他那情形就好像是初出茅庐的作家。那种人在刚发表了他们第一本书的时候，总是以为自己知道的要比任何其他人知道的更多。谁也休想能够向他们略进片言忠告。

看起来，在政府中供职的整个期间，我无论以官员的身份去做什么事情，都会给自己招来麻烦。然而，不论做了什么事情，不论尝试什么事情，我都认为那是从祖国的利益出发的。由于所受的委屈给我带来了痛苦，可能我不得不做出偏激和有害的结论，但是，我当然认为，国务卿、陆军部长、财政部长以及我的其他同僚，从一开头起就串通一气，阴谋把我从政府中排挤出去。在政府中供职期间，我总共只出席了一次内阁会议。可单是那一次已经够我受的了。白宫门口的门丁好像不愿意给我带路，后来我问其他阁员可曾到齐，他说他们已经到齐，于是我就走了进去。他们都在那里；可是谁也不给我让座。他们都下死眼瞪着我，好像我是一个暴徒似的。总统说：

"哟，阁下，您是谁呀？"

我把我的名片递给他，他读道："尊敬的马克·吐温，参议院贝壳学委员会职员。"接着他就用眼把我上上下下细细打量了一阵，好像以前从来没听见过我这么一个人似的。财政部长说：

"这就是那个爱管闲事的蠢驴，他劝我在我那份报告里写一些诗歌和谜语，好像我是在写历书似的。"

大作家讲的小故事

陆军部长说:"这就是那个想入非非的家伙,他昨儿去找我,提出了一项计划,说什么要用教育把一部分印第安人害死,然后把另一半人屠杀了。"

海军部长说:"这年轻人我认识,就是他上星期里一再跑去打搅我的。他不满意法拉格特海军上将指挥整个舰队,从事他所谓的'旅游'。他还提出了什么乘筏子旅游的疯狂办法,那些话太荒谬了,这里我就不去重述它了。"

我说:"先生们,我已经觉察出,这里的人都存心要丑化我任职期间的一切作为;我还觉察出,他们都存心阻止我在讨论国是的时候抒发己见。今儿他们根本没去通知我。我完全是适逢其会,得悉这儿要召开一次内阁会议。好吧,这些事都别去提了。我只要知道一点:这儿是不是在开内阁会议?"

总统说:"是在开内阁会议。"

"那么,"我说,"就让咱们立刻谈正经的吧,别这样很无谓地在官场作风方面找碴儿,浪费了宝贵的时间。"

这时候国务卿开始发言,瞧他老是显得那么和气,他说:"年轻人,你弄错了。参议院职员并不是内阁成员。说来也怪,国会大厦看门的也不是内阁成员。因此,尽管我们在考虑国是的时候想要借重您的非凡的智慧,然而,由于法律所限,我们却不能利用它。现在只好在您不出席的情况下继续讨论国家大事了;万一此后发生了什么不幸的事故(看来,这是很可能的),您也不必心里难过;您应当感到安慰,因为您已经用言语和行动尽力设法消除这场灾难。我祝您幸福。再见啦。"

这几句口气亲切的话,平息了我的满腔忿懑,我离开了那里。

然而,一名国家的公仆是永远不会安享太平的。

我刚回到国会大厦我那间小屋子里,也像议员那样把两只脚跷在桌子上，这时候一位贝壳学委员会的职员怒冲冲地走进来说：

"这一天你倒是跑哪儿去了？"

我说，我是去出席内阁会议了，那是我责无旁贷的事。

"出席内阁会议？我倒挺想知道你在内阁会议上干些什么？"

我说我是去备咨询的——为了拿话堵回他去，我说这件事根本与他无关。这一来他就变得傲慢无礼。最后说，三天前他就叫我抄录一份谈炸药壳[①]、鸡蛋壳、蛤蜊壳，以及其他天知道什么与贝壳学有关的报告，可是谁也找不到我。

这一来我可忍无可忍了。这是一根压折了"职员的骆驼背"的羽毛[②]呀。我说："阁下，您以为我会为了一天拿六块钱就这样干下去呀？如果您有这种想法，那还是让我提请参议院贝壳学委员会另请高明吧。我可不是属于任何派系的奴隶！收回你们那份辱没人的委任状吧。给我自由，否则我宁可去死！"

从那时候起，我就跟政府一刀两断了。我遭到政府部门的冷眼，受到内阁阁员的怠慢，最后又被那个我力图为其效劳的委员会的主席训斥了一顿；在备受迫害的情况下，我虽然完全不顾我显要的地位带来的风险，但也绝对无心恋战，终于眼看着疮痍未复的祖国处于危难中而抛弃了她。

但是，我已经给政府当了一个时期的差，所以我把我的收费通知单送了去：

美利坚合众国：

　　遵账应付参议院贝壳学委员会尊敬的职员以下各项费用：

　　应陆军部长咨询，需收费　　　　　　50元

　　应海军部长咨询，需收费　　　　　　50元

[①] 指炸弹壳。
[②] "放在骆驼背上的最后一根羽毛"是一句俗语，指使人承受不住的最后加上的一点负担。

大作家讲的小故事

  应财政部长咨询，需收费　　　　　　50元

  应内阁咨询，免予收费经埃及、阿尔及尔、直布罗陀、加的斯去耶路撒冷，往返旅费津贴①，以里程计共14000英里，每英里收费2角，

  共计　　　　　　　　2800元

  任参议院贝壳学委员会应领薪津：在职共6天，每天以6元计　　　　　　　　36元

      合计 2986元

  除了职员的薪金区区三十六元而外，收费单上的其他费用一笔也没偿付。财政部长是存心跟我为难到底呀，他一笔勾销了所有其他项目，只在收费单边上批了"不准"两个字。这样，他们终于选择了另一个可怕的办法。竟然出现了抵赖偿还债款的事！这个国家可完蛋了。

  我暂时结束了我的仕宦生涯。就让那些甘心受骗的职员继续留任吧。我在各部里认识了许多这样的人，他们从来没接到召开内阁会议的通知，而国家领导人也从来不去征询他们对战争、财政或商业的意见，就好像他们不是政府的官员似的，但是，他们竟然会一天天守着他们的职位，继续从事他们的工作！他们也知道本人对国家的重要性，而且都不知不觉地让这种想法在他们的神态中，在他们去饭馆里点菜的时候流露出来——然而，他们却继续从事工作。我认识一个人，他的职务是从报纸上剪下各式各样的小图片和短文，粘在一本剪贴簿里——有时候一天所粘的达八张到十张之多。他虽然手艺不大高明，但总是尽力而为。那种工作是十分累人的。它对智力是一种消耗。然而，他一年只能领到一千八百元的薪俸。

---

① 凡属地区代表，即使抵达目的地后不再返回，仍应索取以里程计算的往返旅费津贴。我实在莫名其妙，为什么政府竟然拒绝偿付我以里程计算的旅费补贴。——原注

凭那个年轻人的头脑，如果肯选择其他行业，他可以攒下成千上万元。可是，不——他有着一颗忠于祖国的心，只要祖国还存下一本剪贴簿，他就要永远为它效劳。我还认识几个职员，他们虽然不会写出很好的文章，但是都很高贵地将自己所有的知识全部贡献给祖国，为了每年领二千五百元薪俸而继续辛劳受苦。他们写出来的东西有时候还得由其他职员重新改写；但是，如果一个人已经为祖国尽了最大的努力，难道祖国还能对他表示不满吗？再说，还有一些职员，他们没有正式的职位，都在一等再等，长期等候填补一个空缺——耐着性子等候有一个报效祖国的机会——而这样等候着时，他们一年最多只能领到二千元薪俸。这情况是凄惨的——这情况是非常非常凄惨的。某国会议员有一个朋友，他很有才能，但是没一官半职可以让他施展他那过人的才干，这时候议员就将他推荐给国家，让他在某部门里当一名职员。于是那人就不得不在那个部门里做一辈子苦工，给那个从来不顾念他、从来不同情他的国家拼死卖命地办理公文——而为了这一切所得的酬报只是一年二三千元的薪俸。将来，等我全部列举出几个部门里所有的职员，说明他们必须完成的任务，以及他们为此所能获得的报酬，那时候诸位就可以看到，我们现有的职员人数实际上不及需要的一半，而这些人所领的薪俸更低于他们应得的一半啊。

赏析与品读

　　小说创作于一百多年前，而一个多世纪后的今天，它依然是一把戳人心肺的刺刀。一个放荡不羁的年轻人成为一名政府文员，他一身热血，充满理想，一肚子救国救民的提议（且不说这些提议

大作家讲的小故事

是对是错），这就像马克·吐温本人，他犀利的言辞、尖锐的讽刺都是为了一个崇高的理想：完美的人类社会。但是年轻人没有深资历，没有高职位，除了蔑视与指责什么也没得到，于是他放弃了政府也被政府所放弃。

这是一个泥沼官场，热血被浇熄，理想被磨灭，勇气被打退，棱角被磨平，最后只有两条路，进则同流合污，退则独善其身。谁都得以保全，唯有这个世界被糟蹋了颜色。

田纳西州的新闻业

● *带着问题读一读，你会收获更多* ●

1. 主编看了"我"写的《田纳西州报刊精粹》后是什么反应？
2. 请归纳一下田纳西州的新闻业的特点。

大作家讲的小故事

孟菲斯《雪崩报》主编,由于一位记者扬言他是一名激进分子,于是就这样出其不意、轻口薄舌地对那记者进行抨击:——当他在写第一个句子,刚写到当中部分,在他的i字母上头加上一点,在他的t字母上添上一横,再打上他的句号时,他就知道自己是在拼凑一个句子,那里面饱含有阴险的恶意,散发出造谣的恶臭。

——《信息交换报》

医生对我说,南方的气候会增强我的体质,于是我去了南方的田纳西州,在《朝花与约翰逊县呐喊报》里找了个职位,当上了该报的助理编辑。我去上班的那天,看见主编正斜靠在一张只剩下三条腿的椅子上,把一双脚跷在一张松木桌上。屋子里还有另一张松木桌,以及另一张病病歪歪的椅子,桌和椅都一半埋在报纸以及破碎或整张的稿件下。有一只盛沙的箱子①,上面丢了一些雪茄烟蒂,堆了许多"老兵"②,一只火炉,炉门内上边的铰链晃悠悠地悬荡着。主编身穿一件黑色长燕尾服大衣,下面配一条白麻布裤。他的那双靴子很小,用黑鞋油擦得很光洁。他穿一件有褶裥饰边的衬衫,戴一只大图章戒指,领子是那种老式的立领,格子花的领巾两头下垂,这套衣装是大约一八四八年流行的。他正在吸一支雪茄,一面在苦苦思索一个什么字,一面笨拙地理平刚被他搔过的乱蓬蓬的头发。他恶狠狠地蹙起眉头,我断定他这是在拼凑一篇不易措辞的社论。他叫我把一些交换的报纸约略看一遍,然后写一篇《田纳西州报刊精粹》,要将各报所载的内容加以浓缩,并保留那些看来是有趣的材料。

---

① 当时人写完信或文稿,为求其速干,常洒上黄沙,然后拂去,如同后来的吸墨水纸。
② 俚语,指空瓶,尤其是啤酒或威士忌酒瓶。

于是我写了以下这篇文章：

田纳西州报刊精粹

《地震》（半月刊）的编辑们，显然是误解了有关巴利哈克铁路的报道。公司的目的，并不是要将布加德维尔划在铁路线以外，相反，他们认为它是沿线的重点之一，决不会忽略了它。《地震》的编辑先生们，当然会乐于作出更正。

希金斯维尔《晴天霹雳与自由呐喊》多才多艺的主编，约翰·W.布洛塞姆先生，昨天抵达本市。他现下榻于范伯伦旅馆。我们注意到，同时期发行的报刊，如泥潭泉的《怒吼晨报》就误以为范·沃特当选一事尚属未定之天，但是，毫无疑问，在不曾收到这篇提示文章之前，他们就已经发现自己的错误了。不用说，他们是由于只掌握了不完全的选票统计数，从而作出了错误的判断。

有一条好消息让大家知道：布拉泽市正竭力设法和纽约的几位绅士签订一项合同，要用尼科尔森筑路材料去铺那些几乎无法通行的街道。《欢呼日报》正全力推动这一措施，似乎对最后成功颇有把握。

我把以上拟好的文稿交给主编，随他采用，修改，或是干脆给撕了。他漫不经心地向它看了一眼，就沉下了脸。他接着一页一页往下看，他那神色更显得兆头不妙。看来分明是有什么地方不对头。

"必须破口大骂！你以为我提到那些畜生的时候，会这样写法呀？你以为我的订户看的时候，能受得了那份罪呀？把笔给我！"

我以前从未见过，修改文章时一支笔会那样发出刮擦的响声，

大作家讲的小故事

或那样毫不留情地涂抹掉别人所写的动词和形容词。正当他加工的时候，有人从敞开的窗外朝他开了一枪，这一来我的一只耳朵就不再和另一只相对称了。

"啊，"他说，"是《精神火山报》的那个恶棍史密斯——昨天他就该来了。"接着他就从腰里拔出一只水兵用的手枪。史密斯应声倒地，大腿上中了一枪。当时他正准备再露一手，只是由于主编的这一枪而未能瞄准，却打伤了另一个局外人。那就是我。好在我只被打落了一根手指。

此后，主编继续涂抹，并在行与行间加上一些词句。他刚修改完毕，一颗手榴弹从火炉烟筒里落下来，爆炸时把火炉炸得粉碎。但是它并未造成更大的损害，只有一个横飞的碎片击落了我两颗牙齿。

"那火炉可是完全毁了，"主编说。

我说我相信确是如此。

"嗯，这没关系——现在这种天气已经再用不着它了。我知道干这件事的那个家伙。我会抓住他的。喂，这篇东西必须这样写。"

我接过了稿子。涂抹的地方和行间新加的词句，已使原稿面目全非。它的母亲再也无法认出它来了，如果它有一位母亲的话。现在它被改成这样：

田纳西州报刊精粹

修建巴克哈利铁路，是19世纪中最光荣伟大的设想，显然《地震》（半月刊）那批说谎成性的家伙要在这一问题上竭力用他们另一套卑鄙无耻、令人难以忍受的谎言，去蒙蔽我们高尚正直的人们。说什么布拉扎德维尔特将被划在铁路线以外，这主意可是他们自己肮脏的脑子里想出来的——应当说，是从他们自认为是头脑的废渣子里榨出来的。如果他们想要保全自己已被群众唾弃的爬虫残骸，逃脱他们应该受到的一顿鞭子，那么他们最好还是趁早收回那套谎言吧。

希金斯维尔《晴天霹雳与自由呐喊》的布洛塞姆，那头笨驴，又窜到这里来，在范伯伦旅馆里白吃白喝。

我们注意到，泥潭泉《怒吼晨报》里那个愚昧无知的流氓无赖，那个生性爱造谣的家伙，正在宣布，说什么范·沃特没被选上。新闻工作者的天职是宣扬真理，是消除错误，是教育和启发群众，是提高公众道德与礼貌风度，是要使所有的人更加文雅，更加高尚，更加慈爱，在所有各方面变得更美好，更纯洁，更幸福；然而，这黑心的恶棍却不断地贬低他的伟大职责，散布谣言，从事诽谤，肆意谩骂，写出一些庸俗的文章。

说什么布拉泽维尔需要用一条尼科尔森筑路材料去铺几条街道——其实它需要的倒是多一所监狱，多一所贫民院。在那样一个乡村小镇里，那里只有两家小酒馆、一间铁匠铺，再有出那狗皮膏药①报纸的《欢呼日报》竟然想到要铺马路！主编《欢呼日报》的巴克纳，那只小爬虫，正像他一贯地那样愚昧无知，狂呼乱叫，鼓吹这件事情，同时还以为自己的话大有道理。

"瞧，就应当这样写——措辞辛辣，一语中的。那种玉米粥加牛奶的新闻报道②，可叫我受不了。"

---

① 原文Mustard-Plaster，是一种用芥子末制的药膏，可用来使贴膏药处发红，起反抗刺激作用。
② 喻软弱无力、富有伤感情调的文章。

大作家讲的小故事

　　大约就在这时候,哗啦一声响,一块砖从窗外扔进来,狠狠地砸在我背上。我从射程内移开——我开始感觉到自己妨碍了人家。

　　主编说:"那可能是上校。我已经候了他两天了。他这就要上来啦。"

　　他猜对了。不一会儿,上校出现在门口,手里拿着一支龙骑兵手枪。

　　他说:"先生,我可以和编这份臭报的胆小鬼谈几句吗?"

　　"可以。请坐吧,先生。当心那张椅子,它缺了一条腿。我有幸和布拉泽斯凯特·特坎塞上校,那个下流的骗子谈几句吧?"

　　"谈吧,先生。我有一小笔账要和您清算一下。如果您有空,咱们这就开始吧。"

　　"我要写完一篇谈'美国道德与智力发展令人鼓舞的进步'的文章,可是,这不用赶急。开始吧。"

　　两枝枪同时猛烈震响。主编被崩落了一绺头发,上校的枪弹在我大腿肉多的地方结束了它的进程。上校本人的左肩被擦破了一点儿。他们再次开火。这次两人谁都没能击中对方,但我却分享了一枪,那枪击中了我的胳膊。第三次开火,两位先生都受了轻伤,我的一个手指节被打掉了。于是我说,我认为自己该出去散一会儿步了,因为这是关系到他们私人的事,我不便再继续参与。但两位先生都请求我留在那里,并保证我不会妨碍他们。

　　接着他们就一面重新装子弹,一面讨论选举和收成的事,而我则着手包扎我的伤口。没过多一会儿,他们又兴致勃勃地开火,而且每次射击都收到成效——但这里应当指出,那六发子弹中倒有五发都有我的份儿。第六枪重创了上校,他不无幽默地说:这会儿他可要说"再见"了,因为他有事情得去镇上。于是他打听了怎样去殡仪馆,然后离开了。

主编转过身来对我说:"我约了几个人吃晚饭,得去张罗一下。劳您的驾,把校样看一看,还要接待几个来打交道的客人。"

我一听说要接待那些来打交道的客人,就有点儿发毛,可是那连续发射的枪声仍在我耳朵里嗡嗡作响,我惊魂未定,因此一时也想不出该说些什么。

他接着说:"琼斯三点钟到——给他一顿鞭子。吉莱斯皮也许要早一些来——把他从窗子里扔出去。弗格森大约四点钟到——把他给宰了吧。我想今天要做的就是这些了。如果有多余的时间,您可以写一篇措辞尖锐的文章,谈谈警察局,挖苦一下那巡官长。牛皮鞭都在桌底下;武器在抽屉里——子弹在那边的角落里——棉花和绷带在那边文件格里。万一出了什么意外事故,到楼下去找兰塞特外科医生。他在咱们报上登广告——咱们用他的服务来抵账就完了。"

他走了。我直打哆嗦。

此后三小时内,我经历了那样可怖的危险,以致我所有宁静的心情和喜悦的感觉都消失了。吉莱斯皮造访来了,把我从窗子里扔了出去。琼斯准时到来,我正准备抽一顿鞭子,他却为我代了劳。在和一位日程表上未经列出的生客交手中,我被剥去了头皮。又来了一位叫汤普森的生客,他让我全身只留下一堆乱七八糟的破布头儿。最后我负隅顽抗,遭到一群狂怒的编辑、骗子、政客和亡命之徒的围攻,他们语无伦次,恶毒咒骂,紧接近我头顶四周挥舞他们的武器,到后来只见四下里犹如闪着刀光剑影,我刚要写辞呈,主编到了,和他一同来的是乱哄哄一群热情洋溢、似乎有魔法保护的朋友。接着就展开了一场骚乱和屠杀,那是人类的一支笔,哪怕是钢铁铸就的笔,所无法描绘的。一些人被枪击,被刀戳,被肢解,被轰炸,被从窗口扔了出去。经过片刻的旋风般的骚动,只

大作家讲的小故事

听到模糊不清的下流谩骂,影影绰绰看到混乱和狂烈的战斗舞①,然后一切告终。五分钟后,四下沉寂,只留下了我和那血淋淋的主编坐在那里,打量我们四周围地上乱糟糟满是鲜血淋漓的劫后残余。

他说:"等您习惯了,您会喜欢这地方的。"

我说:"我必须请您原谅;我想,再过一个时期,也许我可以写出合您意的东西;只要经过一阵实习,学会那种措辞,相信我是能做到的。可是,不瞒您说,那种强烈的措辞也有它的麻烦,它会给你招来干扰。这一点您也明白。不用说,写那种强有力的文章,是为了鼓舞群众的精神。但是我不喜欢它引起过多的注意。像我今天这样受到很大的干扰,我就没法定下心来写文章。我很喜欢这个职位,但是我不喜欢留在这儿接待那些来打交道的客人。我得承认,这种经历是新鲜的,也是相当有趣的,然而它们对我可不大公道。一位绅士从窗外打了您一枪,可是他让我受了伤;一颗手榴弹从烟筒里落下,原是为了让您获得满足的,却把炉门崩在我的脖子上;一位朋友造访,来问候您,却让弹片把我害得体无完肤,以致我身上的皮都不再顶用了;您去赴宴,琼斯带着他的牛皮鞭来了,吉莱斯皮把我从窗口扔了出去,汤普森扯碎了我一身的衣服,一位素昧平生的客人,像一位老朋友那样熟不拘礼,剥掉了我的头皮;过了不到五分钟,这带地方所有的流氓无赖都用战斗颜料②抹了花脸来到了,开始用战斧把我吓得魂不附体。总而言之,我这一辈子从来不曾见过这样的热闹场面。不,我喜欢您,我喜欢您那样冷静地、沉着地向来客说明问题,可是您瞧,我不习惯这一切;南方人感情太容易冲动;南方人对来客过于慷慨大方。今

---

① 某些部落,临战前准备或战后庆祝胜利时,作为一种仪式举行的集体舞蹈。
② 某些美洲印第安人部落,出战前在脸上和身上涂抹的颜料。

150

天我写的那几段文章,那些平淡乏味的句子,经过您那高超的手笔,注入那份田纳西州新闻工作的热情,是会惹动另一窠马蜂的。所有那帮子编辑又会赶来——再说,他们又是饿着肚子来的,要找一些人当早餐充饥。我不得不向您道别。我婉谢参加这样狂欢热闹的场面。我原是为了要增强体质,才来到南方,现在,为了完成同一任务,我要回去,而且是说去就去,田纳西州的新闻工作,对我来说是太刺激了。"

说完这些话,我们彼此黯然别离。我却住进了医院病房。

赏析与品读

这个故事就像一部浓缩的周星驰电影,主编一边修改稿子一边拔出枪来向窗外射击,小编辑一边各种躺着也中枪一边乖乖听候领导的训话,其他记者也对此习以为常,他们闹哄哄地打架斗殴,射击砍杀,无所不用其极只想把对方"扔出窗户去",俨然一副为新闻事业为人类真相奉献生命的大义凛然的模样,看得人忍俊不禁。

在马克·吐温蓄意的夸张表达下,我们意识到了一件事:新闻的杀伤力并不比任何枪林弹雨的战争低。记者们长枪短炮、口诛笔伐,就如这故事中一颗颗子弹在相互射杀。我们早已对它习以为常,只是未曾被人这样赤裸地展现过。

一则真实的故事
（逐字逐句记述我的亲耳所闻）

● 带着问题读一读，你会收获更多 ●

1. 雷切尔大婶为什么总是那么乐观开朗？
2. "……我是一个老兰母鸡的小雏儿，我就是！'这时候，只见那个年轻人站在那里直僵僵地瞪着眼，好像向上瞅着天花板，好像忘记了一件什么事，一时回想不起来。"为什么这个年轻人直僵僵地瞪着眼，若有所思？

大作家讲的小故事

那是一个夏日黄昏。我们都坐在小山顶上那幢农庄住宅的阳台上，"雷切尔大婶"却循规蹈矩地坐在比我们低一层的台阶上——原来，她是我们的女仆，而且是一个黑人。她身材粗壮高大，已经六十岁了，但她的眼睛仍未昏花，气力仍未衰退。她是一个快乐而又热情的人，你可以毫不费力引得她纵声大笑，比你逗一只鸟儿唱歌还容易。现在，像往常一样，一天的工作做完了，她在炮火下接受挑战的时刻到了。我的意思是说，她会受到人们无情的打趣，而她却引以为乐。她会一阵又一阵地呵呵大笑，然后坐在那儿，双手捧着脸，乐得浑身直颤抖，说话时喘得透不过气来。每逢这种时刻，我就会想到这一问题，我说：

"雷切尔大婶，你怎么会活到了六十岁，从来没遇到一点儿烦恼的事？"

她不再颤抖了。她停下来，沉默了一会儿。然后她向我扭转了头，说话的口气里没有丝毫笑意：

"C先生——你这是在认真地问我吗？"

这使我感到很惊讶，而且使我的态度和我的问话也显得严肃了，我说：

"啊，我想——我意思是要问——啊，你不可能遇到过什么烦恼的事，我从来不曾听到你唉声叹气，从来不曾看到你眼睛不含笑意。"

这时她转过脸来，正对着我，那完全是一副严肃认真的神气。

"我遇到过什么烦恼的事吗？C先生，我这就说给你听听，然后再让你自己去想想吧。我出生在一伙奴隶当中；我知道一切有关奴隶的生活，因为我本人就是他们当中的一个。再说，先生，我的老头子——也就是说，我的汉子——他疼爱我，就像你疼你的老婆那样。我们有孩子——有七个孩子——我们爱那些孩子，就像你爱你的孩子那样。他们都是黑皮肤,可是,上帝无论让孩子长得有多么黑,做妈妈的仍旧爱他们,不舍得丢了他们,无论如何也舍不得呀。

"再说,先生,我是在老福金尼①长大的,可是我妈是在马里兰州长大的;哎呀呀!要是你一招惹了她,那她可真够厉害的!我的天哪!她会闹得天翻地覆!只要一发火,她就老是说她惯说的那句话。她总是把身体挺直了,把捏紧了的拳头往腰里一叉,说:'我要叫你们知道,我不是出生在什么下流的地方,可不能受你们这伙贱货的欺负!我是一个老兰母鸡的小雏儿,我就是的!'你瞧,原来出生在马里兰的人就是那样称呼他们自己,并且为这感到自豪。可不是,她就是那样说的,我永远不会忘记,因为她老是那样说,因为有一天她也是那样说,因为那一天小亨利摔坏了手腕子,碰破了脑袋,就在脑门子上面,可是那些黑人谁也不赶过来照料他。等他们跟她顶嘴时,她可火了,她说:'你们可得当心点儿!'她说:'我要你们这伙黑人知道,我不是出生在那些下流的地方,不是好让你们这伙贱货欺负的!我是一个老兰母鸡的小雏儿,我就是!'随后她就收拾好了那厨房,亲自包扎好了孩子的伤口。所以,我如果被招惹了,也总是说那几句话。

"再说,又过了一些时候,我的老女主人说她破产了,只好把所有的黑人都就地给卖了。我一听说要把我们所有人都在里士满拍卖,咳,我就知道事情要坏!"

雷切尔大姊随着话题越谈越激动,身体也越挺越直,这会儿她高耸在我们面前,星光衬托出她那一片黑影。

"他们给我们套上了锁链,让我站在一个和这个阳台一般高

---

① 指美国弗吉尼亚州。

大作家讲的小故事

的平台上——有二十尺高——所有的人站在四周围，人山人海的。他们走上来，对我们浑身仔细地察看，拧拧我们的胳膊，叫我们站起来走上几步，然后说：'这一个太老了。'或者说：'这一个腿瘸了。'或者说：'这一个不顶用。'他们卖了我的老头子，把他带走了，他们开始卖我的孩子，也把他们带走了，我就大哭起来；那个人说：'闭起你那张哇啦哇啦哭的臭嘴。'说着就伸出手来打了我一个嘴巴。等到所有的人都被卖完，只剩下了我的小亨利，我就把他紧搂在怀里，挺直了身子说：'你们可不能把他带走。'我说：'谁敢碰一碰他，我就杀了他。'可是我的小亨利悄声对我说：'我会逃走的，我去找工作，然后给你赎身。'哦，求老天保佑这孩子吧，他的心总是这样善良的！可是他们抓住他——他们抓住他，那些人抓住了他；可是我揪住他们的衣服，把衣服扯得粉碎，还用我的锁链砸他们的脑袋；他们也揍了我，可是我不理会那些。

"再说，我的老头子就那样被带走了，再有我所有的孩子，我所有的七个孩子——其中六个我直到今天也没再见到，算到上一个复活节为止，已经有二十二个年头了。买我的那个人住在新伯恩，所以他就把我带到了那里。再说，又过了几年，打起仗来了。我的主人是南方军队里的一个上校，我做了他家里的厨娘。所以，后来北方军队占领了那座城市，他们就一起逃走，把我和其他几个黑人留在那幢怪大怪大的大房子里。所以，后来那些北方的大军官就搬到那里面去住，他们问我可愿意给他们做饭。'我的天哪，'我说，'那正是我的本行嘛。'

"他们可不是一些小军官，你要知道，他们都是最大最大的军官；他们老是把那些兵吆喝来喝去！那将军叫我掌管厨房；他说：'如果有谁来找你麻烦，你就把他轰出去；你不用害怕，'他说，

'现在你是和你的朋友在一起。'

"再说,我心里想,如果我的小亨利能找到机会逃走,那他肯定是逃到北面去了。所以,有一天我就跑到客厅里那些大军官待的地方,向他们这样行了一个屈膝礼,然后站好了,把我亨利的事告诉了他们。他们留心地听着我诉说苦衷,就好像我是一个白人似的;我说,'我来求你们,是因为,如果他已经逃走,到了北边,你们各位先生是打那边来的,也许见到过他,可以告诉我怎样才能再找到他;他人很小,左手腕子上有一个疤,脑门子上边也有一个疤。'他们听了都为我难过,那将军说:'你丢了他有多久了?'我说:'有十三年了。'这时候将军就说:'现在他不会是那样小了——他已经是大人了!'

"以前我就从来没有想到这一点!我仍旧觉得他还是一个小孩儿哩。我从来没想到他会长大起来,现在已经成人啦。可是现在我明白了。那几位先生,谁也没有遇见他,所以他们都没法帮助我。在整个那段时间里,只有我不知道他的情形,其实我的亨利已经逃到北边去,许多年来,他一直在当理发匠,干活儿养活自己。过了一些时候,打起仗来,他就兴奋了,说:'我不再干剃头的这一行了,'他说,'我要去找到我的老妈妈,除非是她已经死了。'他就卖了他的家伙,到招兵站那里去,让那上校雇了去当佣人;后来他就去所有打仗的地方,去找他的老妈妈;可不是吗!说真的,他先去给这一个军官当佣人,再去给另一个军官当佣人,说他要找遍南边所有的地方;可是你瞧,我当时对这些事一点儿也不知道。可你叫我又怎么会知道呢?

"再说,有一天晚上,我们那里开了一个大的军人舞会;新伯恩那儿的兵总是要开舞会,热闹个没完。有好多次,他们都在我的

大作家讲的小故事

厨房里跳,因为那地方是那样大。你听我说,我对这种事就是看不上眼,因为我那地方是给军官们用的,这伙普通的兵在我厨房里那样乱蹦乱跳,可把我给招恼了。可是,我总是站在一旁不去管,让他们继续跳下去,我就是那样;有时候,他们实在把我招恼了,我就叫他们去收拾那厨房,我可是说一是一说二是二的!

"再说,一天晚上——那是一个星期五晚上——来了整整一个排,他们是保卫这幢房子的黑人兵团的一部分——你瞧,这房子就是司令部——后来,我也兴致来了!疯了吗?我就是那样高兴!我转来转去,转来转去;我只是脚痒痒得想要他们带着我跳。他们转着圈儿,不停地跳!啊呀!他们快活极了。我只是转呀,转呀!过了不多一会儿,有那么一个打扮得漂漂亮亮的黑人年轻小伙子,搂着一个黄毛丫头,那么轻松地向屋子这面跳过来;他们一圈圈地转呀转呀,看着他们那副样子,真会叫你像喝了酒那样醉倒;再说,等他跳得和我并齐的时候,他们俩有点儿像是在平衡身体,先是单用这一条腿站着,接着是单用那一条腿站着,笑着瞧我那条大红头巾,跟我开玩笑。这一来我可火了,我说:'给我滚开!——你们这些贱货!'突然间,就在那一刹那,那年轻人好像脸色变了,但是接着他又笑了,又像刚才那样了。再说,大约就在这个时候,来了乐队里几个奏乐的黑人,这些人不论去到哪里,总要装出那么一副神气活现的样子。那天晚上,他们正要卖弄自己,我就故意去招惹他们!他们哈哈大笑,这一来我就发火了。其他的几个黑人也开始大笑,这一来我精神猛地一振,我可是真的火了!我眼睛里闪出光亮!我挺直了腰板——就像我现在这样,头一直顶向天花板,几乎顶到了天花板——我把握紧的拳头向腰里一叉,说道:'你们要当心点儿,'我还说,'我要你们这伙黑鬼明白,我不是出生在下流的地方，好让你们这伙贱货开玩笑！我是一个老兰母鸡的小雏儿，我就是！'这时候，只见那个年轻人站在那里直僵僵地瞪着眼，好像向上瞅着天花板，好像忘记了一件什么事，一时回想不起来。再说，那时我就大踏步向那些黑人走过去——就这样，像是一位将军——他们就在我前面躲开，都逃到门外面去。那个年轻人走出去的时候，我只听见他跟另一个黑人说话，'吉姆，'他说，'你去关照头头儿，说我明天早晨大约八点钟上班；我有一些事要核计，'他说，'今天夜里我不回去睡了。你去吧，'他说，'让我一个人留在这里吧。'

"那时候大约是夜里一点。再说，大约到了七点，我起来干活儿，给军官们做早饭。我正在火炉前蹲下——就像这样，比如你的脚就是那炉子吧——我用我的右手开了炉门——就像这样，再把它这样向回推，就像我这会儿推你的脚——我手里端着那盘热腾腾的小圆饼，刚要往起站，这时候只见一张黑脸从下面凑近我的脸，一双眼睛向上冲着我的眼睛瞧，就像我这会儿从下面凑近你的脸瞧；我就僵在那里，一动也不动！就那样一直紧盯着他瞅；那盘子抖动起来，突然，我明白了！盘子掉在地上，我一把抓住他的左手，捋起他的袖子——就这样，就像我这样捋你的袖子——接着我又去察看他的脑门子，把他的头发这样向上一撩，哎呀，'孩子呀！'我说，'你要不是我的亨利，你手腕上哪来的这个疤痕，脑门子上边哪来的这个疤印呀？感谢老天爷，我又见到我的亲人啦！'

"啊呀，C先生，当然不能说，我从来不曾遇到过什么烦恼的事，也不曾有过什么快活的事！"

大作家讲的小故事

赏析与品读

　　17世纪，第一批非洲黑人踏上了美国的领土，他们的生活就陷入了无尽的地狱。1776年当《独立宣言》在美国大地的欢呼声中诞生时，黑人们可能还没有意识到，宣言中的"民主"、"平等"与他们没有半点关联。那依旧是个遥不可及的神话，他们依然重复着以前的生活，没日没夜的工作，无休无止的交易。马克·吐温抨击的就是这个充满罪恶的黑人奴隶制度。

　　故事中的黑人大娘就是黑人女性的代表，成千上万的黑人女性和她有着同样的命运，家破人亡，苦难压身，然而却在笑着活下去。她们的笑容仿佛刺透阴暗的阳光，是尖锐的讽刺，也是警醒世人的希望。乌云终究遮不住太阳，这阴霾或许还要存在许多年，存在几百年，但是总有一天阳光会庇佑这片土地。

皮特凯恩岛大革命

● *带着问题读一读，你会收获更多* ●

1. "她们当中的某些人更是悲痛情切，难以理喻，她们经常不顾警卫干涉，向他投掷山芋。"这些妇女为何要向皇帝投掷山芋？
2. 谁偷走了禁止侵犯私人财产法的文本？

大作家讲的小故事

我想请读者重温一些往事。将近一百年前,英国"恩赐"号的水手哗变,①把船长和高级船员赶上了小艇,任他们在汪洋大海上漂流,然后占领了大船,驶往南方。他们在塔希提岛上娶了土著妇女,又继续航行,到达中太平洋一个叫皮特凯恩的荒凉小岛,捣毁了所乘的船,拆去了船上所有可能对开拓殖民地有用的东西,然后上岸定居。

皮特凯恩岛远远偏离商船航线,所以,又过了多年,才有另一条船在那里停泊。以往人们都以为那是一个荒岛,所以,一八○八年,当一条船终于在那里抛锚下碇时,船长大为惊奇,发现那地方竟然有人居住。虽然哗变的水手在过去岁月中也曾彼此争斗,互相残杀,几乎全部丧生,以致原来的人当中只存留下两三个,然而,早在那些悲剧上演之前,就已经有一些孩子出世,所以,到了一八○八年,岛上的居民仍有二十七人。领头哗变的约翰·亚当斯仍然健在,而且此后又活了多年,始终任当地的总督,同时也是那伙人的族长。他已经从一个叛变杀人的水手变为一个基督徒和传教士,他那由二十七人组成的岛国,如今已成为最纯粹和虔诚的基督教国家。亚当斯早已升起英国国旗,他的岛国已成为英国王室的部分属地。

如今岛上的人口总计九十人——包括十六个男人,十九个妇女,二十五个男孩,三十个女孩——都是当初哗变者的后裔,都承袭了哗变者的姓氏,都说英语,而且只会说英语。岛屿屹立在大海中,四周都是悬崖峭壁,它长约四分之三英里,有些地方宽只半英里。所有的可耕土地,根据多年前实行的一次分配,都由那几户人

---

① 一七八九年四月二十八日,英国军舰"恩赐"号上水手哗变,逃往皮特凯恩岛,一八○八年始被发现,当时水手中只存下亚历山大·斯密斯一人。他已改名约翰·亚当斯,成为岛民的族长。该岛于一八三九年开始由英政府保护。英诗人拜伦曾根据此事写成《岛屿》一诗。

大作家讲的小故事

家拥有。岛上也饲养了一些牲畜——山羊、猪、鸡、猫,但是没狗,也没大牲畜。有一所教堂建筑——它同时被用作议事厅、学校兼公共图书馆。一两代以来,长官的职称是"效忠于大英女王陛下的总督长官"。他的职责是制定并执行法律,他的职位由居民推选,凡年满十七岁的居民都有选举权——选民是不限性别的。

居民唯一的工作是种地捕鱼,唯一的娱乐是参加宗教仪式。岛上从来没开过一家商店,也从来没使用过任何钱币,居民的习惯与服装一向是陈旧的,他们的法律简单得近于幼稚。他们生活在一种安息日的宁静中,远与世外各国以及那里常见的无限野心与诸般烦恼相隔绝,他们既不知道,也不屑介意自己无限孤寂的水国以外列强领域内所发生的一切。每隔三四年,才会有一条船在那里停泊,船上人向居民谈到血腥的战争,猖獗的疫病,君主的退位,王朝的颠覆,说得他们心驰神往(其实那都是老掉了牙的新闻),然后用肥皂和法兰绒交换他们的山芋和面包树果,最后乘船离去,于是居民又回到宁静的梦乡中,将时光消磨在宗教的娱乐里。

去年九月八日,英国太平洋舰队司令德霍西海军上将访问了皮特凯恩岛,他给海军部的那份报告中有以下几段话:

> 他们种植豆类、胡萝卜、芜青、卷心菜和少量的玉蜀黍;果品中有菠萝蜜、无花果、番荔枝和柑橘;此外还有柠檬和椰子。衣着是完全用食品从路过的船上换来的。岛上没有泉水,虽然有时候也遭受旱灾,但一般每月都降一次雨,所以居民尽有充分的食用水供应。酒精不供滥饮,只作医疗之用,从来没见过一个醉汉……
>
> 至于岛民需要一些什么用品,这可以最清楚地从我们用

来向他们调换食物的用品中看出,它们包括法兰绒、哔叽、斜纹布、半高筒靴、木梳、烟草和肥皂。岛民还十分需要学校里用的地图和石板,也很欢迎各种工具。我已作出安排,从军需品中调拨给他们一面英国国旗,他们可以在我们船只抵达时悬挂,此外还供应了一把他们很需要的竖拉大锯。我相信此事将获得诸位大臣的批准。只要慷慨好施的英国人知道这个应受支援的小小殖民地还需要什么,岛民无须等候很久就会获得供应……

每星期天早晨十点半和下午三点,岛民都在约翰·亚当斯建造的那所房子里做礼拜。直到一八二九年约翰去世时为止,那地方一直是派这种用场的。礼拜是由岛民推选、深受大众敬重的西蒙·杨先生主持,一切严格遵守英国国教的礼拜形式。每星期三上一次《圣经》课,凡是得便的人都可以去参加。每月的第一个星期五开一次祈祷大会。每户人家,清晨第一件事和晚上最后一件事都是做祷告,在吃东西之前,和吃完东西以后,都要祈求上帝赐福。讲到这些教民所持的宗教信仰,谁都要对他们深表尊敬。这些居民最大的快乐与权利,就是在祈祷中向他们的上帝交心,一同唱赞美诗。再说,他们总是那样欢欣、勤劳,也许要比任何其他地区的人更加洁身自爱,实际上他们并不需要一位牧师。

看到这里,我在海军上将的报告中发现了这么一句话,那肯定是他漫不经心写下的,当时并未对此多加考虑。他压根儿没想到,这句话里包含了多少悲惨的预言。那是这样一句话:

"一个来自美国的外乡人,在岛上定居——那是一个身份不明的家伙。"

大作家讲的小故事

可不是,一个身份不明的家伙!

美国"黄蜂"号的奥姆斯比船长,在上将访问皮特凯恩岛大约四个月以后抵达该地,我们从他那里搜集到的材料中知道了有关这个美国人的种种行事。现在就让我把那些事按照写历史的形式一一列举出来吧。

美国人叫巴特沃斯·斯特夫利。他一经和所有的居民混熟后——当然,这只花了他几天时间——就开始施展出全部伎俩去笼络他们。他赢得众人的欢心,深受众人的敬重,因为他所做的第一件事,就是彻底改变世俗的生活方式,把全部精力投入宗教活动。他老是读《圣经》,或者做祈祷,或者唱圣诗,或者做饭前饭后的祷告。祷告时,没一个人能像他说得"头头是道",没一个人能像他历时那么长久,讲得那么娓娓动听。

最后,他认为时机已经成熟,就悄悄地开始在居民中散播愤懑不平的种子。他一开头就存心颠覆政府,但是当然暂时不明确说出自己的心事。他对不同的人使用不同的方法。他在一处地方挑起人们不满的办法,是叫他们注意星期日的礼拜做得太少了,他坚持星期日的三小时礼拜不应该只做两场,而是应做三场。许多人暗中早已存有这种想法;这一来他们就在私下里结成了一个党派,为此事四下活动。他挑唆某些妇女,说当局不让她们在祈祷会上有充分发言的机会;于是形成了另一个党派。他眼底下不放过一件可以使用的武器;他甚至不惜去找那些小孩儿,设法激起他们的不满情绪,说什么(这是他由于关心他们才注意到的)他们没有足够的主日学校。这一来就组成了第三个党派。

现在,一经成为这些党派的首领,他估计自己已是当地居民中最有势力的人物。于是他着手进行他的第二步——这一步也很重要,就是控告詹姆斯·拉塞尔·尼科伊总督,这总督为人品德优良，很有才干，而且家资富有，他的住宅备有会客厅，辟有三英亩半山芋地，他还拥有皮特凯恩岛上唯一的船舶——一条捕鲸船，但最不幸的是，恰巧在这时刻，出现了一个可以提出控诉的借口。

岛上最早制定的，并且最受人重视的，就是那条禁止侵犯私人财产的法律。人们十分重视它，认为它是人民的自由保护神。大约三十年前，法院曾经根据这一条文审讯了一桩重大案件：伊丽莎白·杨（当时五十八岁，是"恩赐"号哗变者约翰·米尔斯的女儿）的一只鸡蹿进了瑟斯戴·奥克托伯·克里斯琴（当时二十九岁，是哗变者弗莱彻·克里斯琴的孙子）的园地。克里斯琴宰了那只鸡。根据法律，克里斯琴可以扣留下那只鸡，或者，如果他愿意的话，也可以把死鸡归还给主人，接受价值与侵犯者所造成的损害相等的实物，作为"赔偿"。现查法庭记录，"上述的克里斯琴已将所杀死的鸡归还给上述的伊丽莎白·杨，并向其索取一蒲式耳①山芋，作为赔偿"。可是伊丽莎白·杨认为他索取过昂，因此双方无法达成妥协，于是克里斯琴提出控诉。他在法庭上输了官司，虽然他至少可以获得半配克②山芋的赔偿，但他认为那点儿赔偿不够，接受它无异于承认败诉。他提出了上诉。

经过逐级法院审讯，缠磨了好多个年头，每次终审都宣布维持原判；最后官司打到最高法院，审理了二十年也没结案。但是，去年夏天，最高法院总算好不容易地作出了决定。它再一次宣布维持原判。这一次克里斯琴服判了，但是当时斯特夫利在场，就悄悄地向克里斯琴和他的律师出主意，说"即使仅仅作为一种形式"，也应将那条法律的原本公之于众，确定它是否仍旧存在。看上去这是一个奇怪的主意，但实际上它却是一个巧妙的手法，于是这项要求

---

① 蒲式耳为计（谷物、水果、蔬菜等的）容量单位。在英国，一蒲式耳等于36.37升。
② 配克为英美谷物、水果、蔬菜等的计量单位，一配克约合八夸脱或二加仑。

大作家讲的小故事

被提出。一名使者被派往总督家；他很快就带回来消息，说那份原本已经从国家档案中遗失了。

法院宣布最近的判决无效，因为判决是根据一条法律作出，而那条法律已不复存在。

立刻掀起了巨大的震惊。消息传遍了整个岛国，人民的保护神不见了——可能是谁为了阴谋叛国销毁了它。还不到三十分钟，几乎全国人都聚集在审判室里——也就是那座教堂里。大伙通过了斯特夫利的动议，对总督进行弹劾。被告人以身居显位应有的高姿态对待这件不幸的事。他并不为自己辩护，甚至不屑于进行争论：他只提出简单的答辩，说遗失法律的事与他无关：说他把国家档案都藏在一个蜡烛箱里，那箱子自从开国以来就一直被用来保存档案；说文件是遗失了，但并不是他拿走或销毁了。

然而，凭什么也不能挽救他；人们断定他犯有销毁法律依据罪。他被罢了官，全部家产归了公。

敌人控诉他销毁法律依据时声称，他干这一勾当是为了偏袒克里斯琴，因为克里斯琴是他的表弟。然而，他们对整个这件可耻的事提出的这一理由却是站不住脚的！因为，在全国只有斯特夫利一个人不是他的表亲。读者肯定记得，这地方所有的人都是属于六七个人的后代；第一代的子女相互通婚，为那些哗变者生下了孙儿女和外孙儿女；这些子孙的下一代，曾孙儿女和玄孙儿女，又相互通婚。因此，现在每一个人都是其他人的血缘姻亲。再说，这种亲族关系是奇妙的，甚至惊人的错综复杂。比如，一个外乡人对一个岛上居民说：

"你现在管那个年轻女人叫表妹，可是你刚才还管她叫阿姨来着。"

"是呀，她是我的阿姨，又是我的表妹，她还是我异父妹妹，我的外甥女儿，我的第四代堂妹，我的第三十三代堂妹，我的第四十二代堂妹，我的祖姑母，我的外叔祖母，我的守寡的表弟媳——下星期她就是我的妻子啦。"

所以，控告总督偏袒姻亲，理由是站不住脚的，然而，这没关系，站得住脚也罢，站不住脚也罢，反正这合了斯特夫利的心意。斯特夫利立即被推举出来，填补了总督的空缺。接着，他钻隙觅缝地寻找一切可以改革的事，不遗余力地进行整顿。不久宗教仪式就在各地如火如荼、无休无止地展开。星期日早礼拜的第二次祈祷，原来习惯只持续三十五分钟到四十分钟，而且只为这世界上的人祈祷，首先是为各洲的人，然后是为各民族，以至各部落祈祷，现在一道命令下达，时间被延长到一个半小时，而且祈祷的对象包括好几个星球上可能存在的人类。所有的人都对这一改革感到高兴，所有的人都说："瞧，这才像个样儿。"又一道命令下达，往常三小时的布道被延长了一倍时间。全国人民结伙儿齐去谢新任总督。原来旧法律只禁止在安息日烧饭，现在连吃饭也被禁止了。又一道命令下达，主日学校有权每个周日都上课。各阶层的人都欢天喜地。在短短一个月内，新总督已成为人民崇拜的偶像！

这个人要走的第二步已时机成熟。起初他只小心地试探着步子，煽动人民对英国的仇恨。他把有影响的居民个别地拉到一边去谈这件事。但很快他就变得更加大胆了，索性公开谈论。他说，为了他们本人，为了他们的荣誉，他们的伟大传统，这民族必须奋起反抗，摆脱"这种令人难堪的英国奴役"。

可是天真纯朴的岛民回答说：

"我们并没注意到那是令人难堪的嘛。它是怎样令人难堪的呀？英国每隔三四年就要开来一条船，供应我们肥皂和衣着，我们还感谢他们带来我们十分需要的其他东西；它从来没给我们招来麻

大作家讲的小故事

烦；它让我们行动自由。"

"它让你们行动自由！历来奴隶都是这样想，都是这样说！讲这种话，说明你们已经堕落到了什么地步；你们在酷虐的暴政下已经变得十分下流，已经失去人性！什么！难道你们一点儿丈夫气和自豪感都没有了吗？难道自由对你们是无所谓的吗？照说你们早就该奋起反抗，在庄严的国际大家庭中占有你们的合法地位，成为伟大的、自由的、文明的、独立的，不再是帝王的奴仆，而是自己命运的主宰，可以在决定你们姊妹独立国的命运时表达自己的意见，行使自己的权利，难道你们竟然心甘情愿地沦为一个外国的，一个宗主国的属地不成？"

不久这类话便产生了影响。居民开始感到英国是在奴役他们；他们吃不大准，这感觉究竟是怎样产生的，又是从哪里得来的，然而他们确实有这种感觉。他们开始唠叨埋怨，觉得是在带着枷锁受苦，渴望获得拯救解放。不久他们就开始仇恨英国国旗，仇恨那个象征他们国家地位卑微的标志；他们走过议事厅时，不再抬起头来看，总是移开目光，咬牙切齿。一天早晨，人们发现国旗被践踏在旗杆下的烂泥里，他们让它丢在那里，谁也不用手碰它，不再把它升起。一件迟早要发生的事终于出现。几个有头脸的居民，趁黑夜去拜会总督，说：

"这样可恨的暴政，我们再也没法忍受下去了。我们怎样才能推翻它？"

"发动一次军事政变。"

"怎样发动呢？"

"发动一次军事政变。要这样，把一切都准备就绪，然后在指定的时刻，我以一国元首的身份，向公众庄严宣布国家独立，我们从此再不做任何其他强国的顺民。"

"这件事听来挺简单，好像是轻而易举的嘛。我们这就可以动手。那么，下一步又怎么办呢？"

"占有所有防御工事和一切公共财产，实行戒严，命令陆海军进入战时编制，宣布成立帝国！"

这项精彩的行动计划，冲昏了那些天真无邪的人们的头脑。他们说：

"这办法太好了——这办法太妙了，可是，英国不会反抗吗？"

"那就让它来反抗吧。这座岛赛直布罗陀。"

"说得对。可是，建立帝国的问题呢？我们需要的是一个帝国，是一位皇帝吗？"

"我的朋友，你们需要的是统一。瞧德国，瞧意大利。它们统一了。最重要的是统一。它能使我们生活得美好。它能使我们进步发达。我们必须有常备的陆海军。当然，那就必须收税。所有这一切合在一起，就会使我们变得伟大。统一了，伟大了。此外你们还需要什么？可不是——只有帝国能带来这些好处。"

于是，十二月八日，宣布皮特凯恩岛为自由独立国家；同一天，在举国欢腾的庆祝中为皮特凯恩岛皇帝特沃斯一世举行隆重的加冕典礼。全国人民（除了十四个人，其中主要是幼小的孩子）都举着旗，奏着乐，鱼贯走过御座，行列长达九十英尺；有人说，它经过那儿共历时四十五秒钟。这是该岛有史以来空前的盛况。群众的热情已达到无法估量的高度。

这时帝国的革新工作立即开始。制定了一套励爵等级制。委任了一位海军大臣，那条捕鲸船被编入现役。添置了一位陆军大臣，他立即受命着手建立一支常备陆军。指定了一位财政大臣，他奉旨制订征税方案，还要和列强谈判有关攻守互助和商业贸易等条约的签订。选拔了几位陆海军将领，任命了若干羽林军校、侍从武官以

及宫廷扈卫。

就在这时候,全部物资已被耗用一空。身为陆军大臣的加利利大公叫苦连天,说全帝国所有的十六名壮丁被授予高官尊爵后,都不肯再当小兵,于是他的常备陆军就陷入瘫痪状态。任海军大臣的阿勒拉特侯爵倾诉了类似的苦衷。他说愿意亲自给那条捕鲸船掌舵,但必须在船上配置一些船员。面临这种情况,皇帝尽了最大的努力:他把所有年满十岁以上的男孩都从他们母亲身边征召去,强迫他们参加陆军,这样就组成一支拥有十七名士兵的队伍,由一位陆军中将和两位陆军少将统领。这件事使陆军大臣感到高兴,但却激起全国做母亲的对皇帝的仇恨;她们说,此后她们的爱子肯定要浴血葬身在战场上,这件事可得由他负责。她们当中的某些人更是悲痛情切,难以理喻,她们经常不顾警卫干涉,向他投掷山芋。

由于人力极度缺乏,只好要求现任邮政大臣的贝萨尼公爵去海军里荡尾桨,这样他的地位就落后于那爵位比他低的人,也就是落后于现任高等民事法庭庭长的坎南子爵。因此贝萨尼公爵几乎公然表示不满,同时在暗中阴谋叛变——这件事早在皇帝预料之中,然而他对此一筹莫展。

国事每况愈下。有一天皇帝晋升南茜·佩蕾丝为贵族,第二天就娶她做皇后,虽然内阁大臣为国家大局着想而群起谏阻,都竭力劝他娶伯利恒大主教的长女爱默琳。这件事在拥有势力的教会中招来了麻烦。新皇后为获得支持与协助,把全国三十六名成年妇女中的三分之二收进她的内廷,充当才人贵嫔;可是,这一来其余的十二名妇女就成了跟她们势不两立的死对头。不久才人贵嫔的家属也开始反对,因为现在再没人给他们料理家务。另十二名存心作难的妇女又拒绝去御膳房当差,以致皇后不得不支使杰里科伯爵夫人和其他地位显赫的命妇挑水，打扫皇宫内苑，干其他既沉重又讨厌的杂活儿。这一来那部分人也愤懑不平。

所有的人都开始抱怨，说那些为供养陆海军和其他廷臣贵官所征收的赋税繁重，令人无法负担，即便是使全国人民都沦为乞丐。皇帝的答复（"瞧德国，瞧意大利。难道你们的情况应当比人家的更好不成？你们不是已经统一了吗？"）并不能使他们满意。他们说："老百姓不能把统一当饭吃，我们都在挨饿。已经没人干农活儿。人人都参加陆军，人人都给公家当差，穿着制服闲站着，什么活儿也不干，没东西吃了，没人耕地了……"

"瞧德国，瞧意大利。那儿不也是同样的情况吗？要统一就得这样，没其他办法——而且，获得统一以后，要维持它也没其他办法。"可怜的国王老是这样叨咕。

但是抱怨者只用两句话回答他："我们没法负担那些捐税——我们没法负担它们了。"

再说，就在这时候，内阁呈报，国债的总额已超出四十五美元——平均全国每人负债半美元之巨。于是他们建议筹措资金。他们听说，人家每遇到这种危急情况，总是来这一手。他们建议征收出口税，还要征收进口税。他们要发行公债，还要印发纸币，规定五十年以后用山芋和卷心菜还本。他们说，陆海军的军饷和全国公务人员的薪金已欠了很久，除非现在就想出一些办法，而且立刻——予以支付，否则必然会导致国家经济崩溃，可能引起叛变和革命。皇帝立即决定采取高压手段，而那种手段确是皮特凯恩岛上前所未闻的。星期日早晨，皇帝由军队拥护着，威风凛凛驾临教堂，命令财政大臣亲自动手收税。

这可到了人们忍无可忍的地步。先是这一个人，接着是另一个人，一一挺身而出，拒绝服从这前所未有的暴政措施——结果

大作家讲的小故事

呢,谁敢拒绝服从,就立即没收那表示不满者的家产,这一强有力的行动,很快刹住了抗拒的逆潮,征收手续继续在一片表示愤慨、预兆不祥的沉默中进行。皇帝率领他的军队退出教堂时说:"我要叫你们知道谁是这儿的主子。"有几个人大喊:"打倒统一。"这些人立即被捕,兵士把他们从朋友们哭哭啼啼的拥抱中强行拉走了。

可是,就在这时候,正像每位先知预见到的,一个社会民主主义者应运而生。正当皇帝在教堂门口登上镀金的独轮御辇时,那社会民主主义者就用一根鱼叉向他扎了十五六下,幸而社会民主主义者的目标总不准确,结果,并没造成任何伤害。

就在那天夜里,大动乱爆发了。全国人民一致奋起(尽管革命者当中有四十九位都是妇女)。步兵放下他们的干草叉,炮兵扔了他们的椰子果;海军也哗变了,皇帝俯首就擒,在宫里被四马攒蹄捆了。这使他感到十分沮丧。他说:

"是我使你们从酷虐的暴政下获得自由;是我使你们从屈辱中扬眉吐气,成为唯我独尊的民族;是我让你们组成强大的、巩固的中央集权政府,最重要的是我让你们享受最大的幸福——也就是实现了统一。我完成了所有这一切,但获得的报酬却是仇恨、侮辱,再有这些捆着我的绳子。逮捕我吧,爱怎样发落就怎样发落我吧。现在我摘下我的王冠,放弃我所有的尊严,很高兴解除了这一切给我带来的沉重负担。是为了你们,我才肩起这些重担;也是为了你们,我又卸下了它们。既然帝王的宝石已经不复存在,现在就让你们砸毁和玷污那毫无用处的镶嵌吧。"

人们一致同意这样惩罚废帝和那个社会民主主义者,即:或者永远剥夺他们参加礼拜的权利,或者罚他们永远像奴隶那样在捕鲸船上荡桨——让他们在二者之间选择其一。第二天,全国人民集会，又升起了英国国旗，恢复了英国的专制政体，将所有的贵族都降为平民，然后，大伙不辞辛劳，立刻回到已经荒芜的山芋田里刈除野草，重新整顿原先那些有用的手工业，再度举行那医疗创伤的、安慰心灵的宗教仪式。废帝交出了禁止侵犯私人财产法的文本，说那是他偷去的——他并没伤害任何人，只是为了要进一步达到他的政治目的。因此国民又让前总督官复原职，归还给他已没收的财产。

经过一番考虑，废帝和那社会民主主义者宁可永远被剥夺做礼拜的权利，也不愿像他们所说的，"永远保持做礼拜的权利"，却同时像奴隶那样荡桨。大伙相信，经过那些倒霉的事件，这两个可怜虫已经丧失理智，于是认为最好的办法是把他们暂时拘禁起来，最后，大家就这样做了。

以上说的就是皮特凯恩岛上那个"身份不明的家伙"的故事。

赏析与品读

皮特凯恩岛是一个真实存在的岛，连故事中的部分内容也是符合真实历史的，岛民的确由被流放的英国船员组成，的确只有不到三位数的人口。这对马克·吐温来说是一个绝妙的故事背景，他让人们看到了一个和平安宁的地方是如何被资本主义轻易摧毁的。一个外来的美国人，利用人性的弱点，就将一个小国家改朝换代了。这就像一个人在玩模拟人生的游戏，建立一座城市，实行一个制度。资本主义在这里Game Over了，故事最后出现的社会主义也没有成功，这并不是因为推崇社会主义的马克·吐温突然意识到了

大作家讲的小故事

社会主义的糟糕,而是因为这是颁布在《反社会党人非常法》的第二年。

马克·吐温给英勇出现拯救了世人的社会主义者安排了一个不痛不痒的罪名,再加之一个不痛不痒的惩罚,这就是马克·吐温的妥协把戏。

法国人大决斗

● 带着问题读一读,你会收获更多 ●

1. "我"为冈贝塔先生立的遗嘱,内容是什么?
2. 决斗最后选择的武器是什么?

大作家讲的小故事

且不去管一些爱说俏皮话的人怎样百般地轻视和讥嘲现代法国人的决斗吧，反正它仍旧是我们目前最令人栗栗危惧的一种风尚。由于它总是在户外进行，所以参加决斗的人几乎肯定会着凉。保罗·德卡萨尼亚克先生，那位习性难改、最爱决斗的法国人，就是由于这样常常受到风寒，以致最后成了一个缠绵枕席的病夫；连巴黎最有声望的医师都认为，如果再继续决斗十五年或者二十年——除非他能够养成一种习惯，在不受湿气和穿堂风侵袭的舒适的房子里厮杀——他最终必然有性命之忧。这一事例肯定可以平息一些人的奇谈怪论，他们一口咬定，说什么法国人的决斗最有益于健康，因为它给人们提供了户外活动的机会。再说，这一事例也肯定可以驳倒另一些人的谬论，他们说什么只有参加决斗的法国人以及社会主义者所仇恨的君主是可以不死的。

可是，现在要谈到我的本题上了。我一听到冈贝塔先生和富尔图先生最近在法国议会中爆发了一场激烈的争吵，就知道肯定会有麻烦事随之而来。我之所以会料到这一点，是因为我和冈贝塔先生相交多年，熟悉他那不顾一切、顽强执拗的脾气。尽管他的身材长得那么高大，但是，我知道，复仇的狂热会深深渗入他全身所有的部位。

我不等到他来找我，就立刻跑去看他。果然不出所料，我发现这位勇士正深深地沉浸在那种法国人的宁静之中。我说"法国人的宁静"，是因为法国人的宁静和英国人的宁静有所不同。他正在那些砸烂了的家具当中来回疾走，时不时地把一个偶然碰到的碎块从屋子里这一头猛踢到另一头。不停地咬牙切齿，发出一大串咒骂，每隔一会儿就止住步，将另一把揪下的头发放在他已经积在桌上的那一堆的上面。

他挥出双臂，搂住我的脖子，把我按在他腹部上方胸口，在我两边颊上吻我，紧紧地拥抱了我四五回，然后把我安放在那张他本人平时坐的安乐椅里。我精神刚恢复过来，他立即和我谈到正经事情。

我说，猜想他是要我做他的助手吧；他说："当然是的。"我说，要我做助手，就必须让我用一个法国人的姓名；那样，万一闹出人命事故，我可以不至于在本国受到指责。听到这里，他把身体缩了一下，大概认为这句话暗示决斗在美国是不受人尊重的吧。但是，他终于同意了我的要求。这说明为什么此后所有的报纸上都报道：冈贝塔先生的助手显然是一个法国人。

首先，我们为决斗的人订立遗嘱。我坚持我的观点，一定要先办妥这一件事。我说，我从来没听说过，一个头脑清醒的人会在决斗之前不先立好他的遗嘱的。他说，他从来没听说一个头脑清醒的人会在决斗之前干这类的事。他把遗嘱写好后就要着手编一套"最后的话"。他很想知道，作为一个垂死者发出的呼声，以下这些话会对我产生什么影响：

"我的死，是为了上帝，为了祖国，为了言论自由，为了文明进步，为了全人类四海之内皆兄弟的关系！"

我反对这些话，我说要在临死前讲完这一套会拖延太长的时间；对一个痨病患者来说，这确是一篇绝妙的演说词，但是它不适合于决斗场上那种迫切的要求。我们提出了许多种临死前的大放厥词，双方在选择上争执不休，但最后我还是迫使他将这条噩耗缩减成为以下这样一句，他把它抄录在备忘录里，准备到时背出来：

我的死是为了要法兰西长存。

我说，这句话好像跟决斗缺乏联系；但是他说，联系在最后的

大作家讲的小故事

话里并不重要,你需要的是刺激。

依次办理,第二件要做的事情是选择武器。决斗的人说,他觉得身上有些不快,准备把这件事情以及安排决斗的其他细节都托付给我。于是我写了以下通知,把它带去给富尔图先生的朋友:

先生:

冈贝塔先生接受富尔图先生的挑战,并授权我向贵方建议:决斗的地点拟选普莱西——皮凯空场;时间定为明晨拂晓;武器将用斧头。

阁下,我是十分尊敬您的

马克·吐温

富尔图先生的朋友读了一遍通知,打了一个哆嗦。接着,他转过身来,用表示严肃的口气对我说:

"你可曾考虑到,先生,像这样一场决斗,必然会导致什么后果吗?"

"那么,你倒说说看,究竟会导致什么后果?"

"会流血啊!"

"大体上就是这么回事。"我说,"瞧,如果可以承蒙指教的话,请问贵方又准备流什么?"

这一下我可把他问住了。他知道自己一时失言,于是赶紧支吾其词地解释。他说刚才说的是一句玩笑话。接着他又说,他和他的委托人都很喜欢使用斧头,确实认为它比其他武器更好,可惜法国的法律禁止使用这种武器,所以我必须修改我的建议。

我在屋子里来回踱步,一面心里盘算这件事情,最后我想到,如果双方相距十五步,用格林机枪射击,这样也许一切可以在决斗场上见分晓。

于是我把这主意提了出来。

但是这项提议没被采纳。它又受到法律的阻碍。我建议使用来复枪；此后，是双管猎枪；此后，是柯尔特海军左轮手枪。但是这些都被一一拒绝了。我思索了一会儿，接着就含嘲带讽地建议双方距离四分之三英里互相扔碎砖头。我一向最恨白费力气，去向一个缺乏幽默感的人说幽默话；所以，当这位先生竟然一本正经地把最后这条建议带回去给他的委托人时，我心里感到难受极了。

过了不多一会儿，他回来了，说他的委托人非常喜欢采用双方相距四分之三英里扔碎砖头的办法，但是，考虑到这样做会给那些在当中走过的闲人带来危险，他不得不谢绝了这个提议。于是我说：

"啊，这我就没办法了。要不，可以烦您想一种武器吗？说不定您早已想到一种了吧？"

他脸上放着光，一口气儿回答说：

"哦，当然，先生！"

于是他开始在口袋里掏——掏了一个又一个，他有很多口袋——同时嘴里一直在嘟囔："啊，瞧我会把它们藏在哪儿啦？"

他终于找到了。他从坎肩口袋里摸出了一对小玩意儿，我把它们拿到亮的地方，断定了那是手枪。它们都是单管的，镶银的，十分玲珑可爱。我没法表达自己的感情了。我一声不言语，单把其中的一支挂在我的表链上，然后把另一支递还给了他。这时候我的伙伴拆开了一张折叠着的邮票，从包在那里面的几粒弹药中拣了一粒给我。我问，他的意思是不是说我们的委托人只可以打一发子弹。他回答说，按照法国法律规定，不可以打得比这更多了。于是我请他继续指教，就烦他提议双方应当相距多远。因为，受不了过度紧

大作家讲的小故事

张,这时候我的头脑已变得越来越迟钝和糊涂了。他将距离指定为六十五码。我差点儿失去了耐心。我说:

"相距六十五码,使用这样的家伙?即使距离五十码,使用水枪,也要比这更容易死人呀。想一想,我的朋友,咱们这次共事,是为了要人家早死,不是要他们多活呀。"

然而,凭我百般劝说,多方争执,结果只能使他将距离缩短到三十五码;而且,即使是采取这一折中方法,他还是勉强迁就的,最后他叹了口气说:"这件屠杀的事从此与我无缘:让罪责落在您肩上吧。"

再没其他方法可想了,我只得回到我的老狮心①那儿。去向他汇报我这一次有失身份的经过。当我走进去的时候,冈贝塔先生正把他最后一绺头发放在祭坛上,他向我跳了过来,激动地说:

"您已经把那件玩命的事安排好了——从您眼神里我看出来了。"

"我给安排好了。"

他的脸变得有些苍白,他就桌边靠稳。他急促地、沉重地喘息了一会儿,因为他情绪太激动了;接着,他沙哑着嗓子压低了声音说:

"那么,武器呢?那么,武器呢?快说呀!使什么武器?"

"使这个!"我拿出了那个镶银的玩意儿。他只朝它瞟了一眼,就轰然晕倒在地。

等到他苏醒过来时,便伤心地说:

"以前我是那样强作镇静,以致现在影响了我的神经。但是,从此以后我再也不会表现软弱了!我要正视我的厄运,像个男子汉,像个法国人。"

---

① "狮心王"原是英王查理一世的绰号,后泛指一般勇士。

大作家讲的小故事

他爬起来,做出了一个凡人根本无法望其项背,塑像极少能够比它更美的雄壮的姿势。接着他就扯着一条低沉的粗嗓子说:

"瞧呀,我镇定自若,我准备就绪;告诉我那距离。"

"三十五码。"

不用说,这一次我可没法挟起他来了;但是我把他就地翻了一个身,然后用水泼在他背上。他很快苏醒过来,说:

"三十五码远——没一个可以扶着的东西?可是,这又何必多问呢?既然那家伙存心谋杀,他又怎么会顾得上关心那些鸡毛蒜皮的事呢?可是,有一件事您必须注意:我这一倒下,全世界的人都将看到法国骑士是怎样慷慨就义的。"

他沉默了好半晌,才问:

"我个子高大,你们没谈到那个人的家族也和他站在一起,作为一种补偿吗?①可是,这也没关系;我可不能降低自己的身份,在这方面提出要求;如果他风格不够高,自己不提出这件事,那么就让他占点儿便宜吧,像这样的便宜,高贵的人士是不屑于占的。"

当时他已坠入一种迷惘的沉思之中,这一状态持续了好几分钟,随后,他打破了沉寂,说:

"时间呢——决斗约定在什么时间?"

"明儿破晓的时候。"

他好像大吃一惊,抢着说:

"这可是疯了!我从来没听说有这样的事情。没有人会在这么早的时候出门。"

"正是因为这个缘故,所以我才选定了这个时候。您意思是说,需要有一批观众吗?"

---

① 个子高大,成为更容易击中的目标。

"现在可不是拌嘴的时候。我感到非常惊讶，怎么富尔图先生竟然会同意采取这样标新立异的办法。您立刻去要求对方，把时间推得更迟一些。"

我跑下楼梯，猛地打开大门，差点儿撞在富尔图先生的助手怀里。他说：

"回您的话，我的委托人极力反对选定的时间，请您同意把时间改为九点半。"

"凡是我们力能循规尽礼之处，先生，我都愿意为您高贵的委托人效劳。我们同意您建议更改的时间。"

"请您接受敝方委托人的谢意。"接着他就转过身去，对一个站在他背后的人说："您总听见了，努瓦尔先生，时间改为九点半了。"努瓦尔先生当即鞠躬，表示谢意，然后离开了。我的同伙接着说：

"如果您认为合适的话，贵方和敝方的首席外科医生可以按照惯例，同乘一辆马车去决斗场。"

"我认为这完全合适；感谢您提到外科医生，因为，说不定我真会把他们忘了。那么，我应当请几位呢？我想，两三位总够了吧？"

"按照一般惯例，人数是每方各请两位。我这里指的是'首席'外科医生，但是，考虑到我们委托人的崇高地位，为了体面，最好是我们各方再从医学界最有声望的人士当中指定几位顾问外科医生。这些医生可以乘他们的自备马车去。您雇好灵车了吗？"

"瞧我这个木头人儿，我压根儿就没想到它！我这就去安排。您肯定觉得我太没见识了吧？可是，这个请您千万别计较，因为以前我对这样高尚的决斗毫无经验。以前我在太平洋沿岸地区倒为决斗的事打过不少交道，可是直到现在才知道，那些都是很粗鲁的玩

意儿。还谈灵车哩——呸！我们总是让那些被上帝选中的人四仰八叉横倒在那儿，随便哪一个高兴用根绳子把他捆扎起来，然后用辆车给运走了。您还有其他什么意见吗？"

"没有了，只是办理丧事的几位主管要像通常那样一起乘马车去。至于那些手下以及雇来送殡的人，他们要像通常那样步行。我明儿早晨八点来跟您碰头，咱们那时候再安排行列的顺序。现在恕我要向您告辞了。"

我回到我的委托人那里，他说："您来得正好；决斗是几点钟开始？"

"九点半。"

"可好极了。您已经把这条消息送给报社了吧？"

"老兄？咱们是多年的知交，如果您竟然转到了这个念头，认为我会卑鄙地出卖……"

"唷，唷！这是什么话，我的好朋友？是我得罪了您吗？啊。请宽恕我吧；可不是，我这是在给您增添太多的麻烦。所以，还是去办理其他的手续，就把这件事从您的日程表上取消了吧。杀人不眨眼的富尔图肯定会处理这件事的。要不，还是由我自己——对，为了稳当起见，由我递个条子给我在报社里工作的朋友努瓦尔先生……"

"哦，对了，这件事可以不必叫您费心了，对方的助手已经通知了努瓦尔先生。"

"哼！这件事我早就该料到了。那富尔图就是这样一个人，他老是要出风头。"

早晨九点半钟，队伍按下列顺序向普莱西—皮凯的决斗场移近：走在头里的是我们的马车——上面只坐了我和冈贝塔先生；接着是富尔图先生和他助手所乘的马车；再后面一辆马车上载有两位不信上帝的诗人演说家，他们胸前口袋里露出了那张悼词稿；再后面一辆马车上载的是几位"首席"外科医生，以及他们的几箱医疗器械；再后面是八辆自备马车，上面载的是顾问外科医生；再后面是一辆出租马车，上面坐了一位验尸官，再后面是两辆灵车；再后面又是一辆马车，上面坐着几位治丧的管事；再后面是一队步行的助理人员以及雇用来送殡的人；在这些人后面，在雾中向前磨蹭的是长长一队随同大殡出发的小贩、警察，以及一般居民。那是一队很有气派的行列，如果那天的雾能较为淡薄，那次队伍的出动必将蔚为大观。

没一个人说话。我几次向我的委托人搭讪，但是，我看得出，他都没注意到，因为他老是在翻他那本笔记簿，一面茫然无主地嘟哝："我的死是为了要法兰西长存。"

抵达决斗场后，我和那位同行助手步了步距离是不是够三十五码，然后抽签挑选位置。最后的这一步手续只不过是点缀性的仪式，因为，遇到这样的天气，无论挑选哪个地方反正都是一样。这些初步的手续都做完了以后，我就走到我的委托人跟前，问他是不是已经准备好了。他把身体尽量扩展开，厉声回答："准备好啦！上子弹吧。"

于是，当着几位事先妥为指定的证人装上子弹。我们认为，由于天气关系，进行这件细致的工作时最好是打着电筒照亮。接着我们就布置自己的人。

可就在这当儿，警察注意到人群已经聚集在场子左右两方，因此请求将决斗的时间推迟一些，好让他们把这些可怜的闲人排列在安全的地方。

这项要求被我们接受了。

警察命令两旁的人群都站到决斗者后方去，然后我们再一次准

大作家讲的小故事

备就绪。这时空中更是浓雾迷漫,我和另一位助手一致同意,我们都必须在发出杀人信号之前吆喝一声,好让两位斗士能确知对方究竟在什么地方。

这时我回到了我的委托人身边,不觉心里凄惨起来,因为看到他的勇气已经大为低落。我极力给他壮胆。我说:"说真的,先生,情况并不像表面上看来那么糟。想一想吧:使用的是这样的武器,射击的次数又是受限制的,隔开的地方很宽广,雾浓得叫人没法看透,再说,一位决斗者是独眼龙,另一位决斗者是斜眼兼近视。照我看呀,在这一场决斗中不一定会出人命事故。你们双方都有机会安然脱险。所以,振作起来吧,别这么垂头丧气的啦。"

这一席话收到了良好的效果,我的委托人立即伸出手说:"我已经恢复正常,把家伙给我吧。"

我把那孤零零的武器放在他巨大厚实的掌心里。他直瞪瞪地盯了它一眼,打了个哆嗦。接着,他仍旧哭丧着脸紧瞅着它,一面结结巴巴地嘟囔:

"咳,我怕的不是死,我怕的是被打成了残废呀。"

我再一次给他打气,结果很是成功。他紧接着说:"就让悲剧开演吧。要支持我呀;别在这庄严的时刻丢下我不管呀,我的朋友。"

我向他作出保证。接着,我就帮着他把手枪指向我断定那是他敌手所站的地方,并且嘱咐他留心听好对方助手的喊声,此后就根据那声音确定方位。接着,我用身体抵住冈贝塔先生的背,发出促使对方注意的喊声:"好——啦!"这一声喊得到了从雾中遥远地方传来的回应,于是我立即大叫:

"一——二——三——开枪!"

我耳鼓里触到好像"扑哧！扑哧！"两声轻响，而就在那一刹那里，我被一座肉山压倒在地。我虽然伤势很重，但仍旧能听出上面传来轻微的人语声，说的是：

"我的死是为了……为了……他妈的，我的死到底是为了啥呀？……哦，想起来了，法兰西！我的死是为了要法兰西长存！"

手里拿着探针的外科医生，从四面蜂拥而来，都把显微镜放在冈贝塔先生全身各个部位，令人高兴的是，结果并没找到创伤的痕迹。紧接着就发生了一件确实令人欢欣鼓舞的事情。

两位斗士扑过去搂住对方的脖子，一时自豪与快乐的泪水有如泉涌；另一位助手拥抱了我；外科医生、演说家、办理丧事的人员，以及警察：所有的人都互相拥抱，所有的人都彼此祝贺，所有的人都纵情高呼，整个空中都充满了赞美的颂词和无法用言语表达的欢乐。

这时候我感觉到，我与其做一位头戴王冠、手持权杖的君主，毋宁做一位参加决斗的法国英雄。

这一阵骚动稍许平息之后，一群外科医生就举行会诊，经过反复辩论，终于断定，只要细心照护调养，他们有理由相信我负伤后仍旧可以活下去。我受的内伤十分严重，因为显然有一根他们都认为已经折断的肋骨戳进了我的左肺，我的许多内脏都被挤到了远离它们原来所属的部位的这一边或那一边，不知道它们今后是否能够学会在那些偏僻陌生的地点发挥它们的功能。然后，他们给我左臂的两个地方接了骨，把我脱臼的右大腿拉复了位，把我的鼻子重新托高了。我变成大伙深感兴趣的对象，甚至成为备受赞扬的人物；许多诚恳和热心的人士都向我自我介绍，说他们因为能结识我这位四十年来唯一在一次法国人的决斗中负了伤的人而感到自豪。

大作家讲的小故事

我被安放在队伍最前面的一辆救护车里；于是，我心满意足，兴高采烈地被一路护送到巴黎，成为一次洋洋大观中的显赫人物，然后，我被安置在医院里。

他们将一枚荣誉十字勋章颁赠给我。虽然，不曾身受这一荣宠的人倒是为数不多的。

以上如实地记录了当代最值得纪念的一次私人冲突。

我对任何人都无可抱怨。我是自作自受，好在我能承担一切后果。

这并不是夸口，我相信自己可以说：我不怕站在一位现代法国决斗者的前面；可是，话又说回来了，只要头脑仍旧保持清醒，此后我永远也不肯再站在一位决斗者的后面了。

赏析与品读

马克·吐温用十分严肃的语气讲述了一个看似十分严肃但处处都让人捧腹大笑的故事。两位法国人一本正经地准备决斗，挑时间挑地点挑武器，应该有的配套人员也一本正经地配合全程演出，助手、医生甚至是殡仪师，一切都准备得细致入微像一场中世纪的盛大决斗，对了，这就是法国人所推崇的骑士精神。可是你笑了，因为你看到了庄严肃穆的同时也看到了装模作样，看到了虚伪做作。

这是标准的马克·吐温式的作品，严肃与胡闹融合，并不是为了哗众取宠，也不是为了传道说教，他会让你在哈哈大笑的同时，铭记住心中那强烈的震撼。这就是马克·吐温在世界文学史上树立起的不朽丰碑。

我从参议员私人秘书的职位上卸任

● 带着问题读一读，你会收获更多 ●

1. "从他的神色中可以看出，他正压制着满腔怒火。"参议员为什么如此生气？
2. "我"为什么从参议员私人秘书的职位上卸任了？

大作家讲的小故事

如今我已不再是一位参议员的私人秘书了。那职位我一共担任了两个月。当时以为自己的地位已稳如磐石,而且对此非常沾沾自喜,可是后来我所立下的那些"阴功"并没得到好报——意思是说,我的那些杰作都被一一退回,从而使我原形毕露。这样一来我认为最好还是辞职为妙。当时的经过是这样的:一天清晨,相当早的时候,我的上司唤我去。我刚悄悄地把几句双关妙语塞进了他最近那篇有关财政的重要演讲词,就进去见他。我一看到他那模样,就知道事情有点儿不妙。他的领带没有结好,头发乱蓬蓬的,从他的神色中可以看出,他正压制着即将迸发的满腔怒火。他紧紧地攥着一叠文件,我知道,那是可怕的太平洋轮船航班的邮件到了,他说:

"我原来还以为你是值得信任的哩。"

我说:"是呀,阁下。"

他说:"上次我交给你内华达州某些选民寄来的一封信,信中要求在鲍德温家大牧场设立一所邮局,我叫你写一封回信,要尽可能写得灵活一些,要摆出一些论点来说服他们,使他们相信,实在没有必要在那儿设立一所邮局。"

我心定了一点儿,"哦,如果只是为了这件事,阁下,那么我已经复了信了。"

"好呀,你已经复了信。现在就让我读一读你的回信,臊一臊你的脸皮:

史密斯·琼斯和其他诸位先生启

先生们:

你们要在鲍德温家大牧场那儿设立一所邮局,这究竟是为了什么呀?这样不会给你们带来任何好处的。要知道,如果有人把什么信件寄到那里,你们又看不懂它们;再说,如果信件里附有钞票,必须经过那里再转往其他地方,那样也许就不能安全通过，这一点你们一定会立即理解；而那样就会给我们大家都招来麻烦。得了，别再为了在你们的放牧区设立邮局的事操心了。我总是把你们最大的利益放在心上，认为你们那样做只是在做一件装潢门面的蠢事。瞧，你们需要的倒是一所体面的监狱——一所既体面又牢固的监狱，和一所免费的学校。这些才会给你们带来长远利益。这些才会使你们感到真正地满足和快乐。我会立即采取措施的。

您忠实的

詹姆斯·W.（美国参议员）

马克·吐温代笔

十一月二十四日于华盛顿

"瞧你就是这样答复了那封信。那些人说，只要我再进入那个地区，他们就要绞死我，而我也确实相信他们会那样干。"

"这个，阁下，当时我不知道，那样写会惹下祸。我只是要说服他们罢了。"

"哼。好吧，你倒确实是说服了他们，我对这一点毫不怀疑。喏，这儿是另一份绝妙的文件。是我上次交给你的内华达州某些人士递来的请愿书，要我促使国会通过一项议案，让内华达州的美以美会结成社团。我关照你，必须在复信中说明，要制定这样一条法律，更为恰当的途径是通过州议会；同时还要尽力向他们说明，目前宗教势力在那个新的州内还相当薄弱，结成宗教社团是否得当尚成问题。可是，瞧你又是怎样写的？"

约翰·哈利法克斯牧师和其他诸位先生启

先生们：

为了实现你们的那一设想，你们必须去州议会——国会

大作家讲的小故事

对有关宗教的事务是一窍不通的。但是，看来你们也不必赶往那里去了；因为你们要在那个新的州里推行这项计划是不合适的，事实上是荒谬可笑的。你们那里的宗教人士，不论是在智力方面，在道德方面，或是在虔诚方面——几乎是在各个方面也太差劲了。你们最好还是把这件事作罢了吧——你们的计划是没法实现的。你们没法成立那样一家公司，去发行股票①——或者，即使你们能够做到这一点，那也只会使自己经常处于困境之中。其他的教派会对你们群起而攻之，会"压低行情"，会"从事卖空"，终于把它搞垮了完蛋。他们会采取那种手段对付你们，正像他们如何对付你们那里的一家银行——他们会设法使所有的人都相信，那是在"做冒险的生意"。你们可千万别做那种存心要使一件神圣事业名誉扫地的事呀。你们这样肯定要为自己感到羞耻—这就是我本人对这件事的看法。你们应当在请愿书的末尾写上："我们要永远祈祷②。"我认为你们最好是这样做——你们必须这样做。

您最忠实的

詹姆斯·W.(美国参议员)

马克·吐温代笔

十一月二十七日于华盛顿

"这一封措词毫不含糊的信，葬送了我那些选民中宗教人士对我的好感。可是，就好像我的政治生命还没肯定被判处死刑似的，不知道什么该死的一念之差，竟然促使我把旧金山市政委员会里那班庄严的长老们递来的请愿书交给了你，好让你一显身手——那请

---

① 作者故意用一些意义相关的字，令其混淆成趣，如incorporate一词，可解释为"结成社团"，亦可解释为"组成公司"；又speculation一词，可解释为"筹划设想"，亦可解释为"投机倒把"。
② 原文中pray一词，可解释为"祈祷"，亦可解释为"呈请"。

愿书要求国会制定一条法律，规定由该市征收市海滨地区的航运税。当时我就对你说明，强行插手这件事是危险的。我叫你给那些市政委员会委员写一封并不承担任何义务的信——一封含糊其辞的信——信里要尽可能不涉及对航运税问题任何认真的考虑和讨论。如果你不是完全麻木不仁——还存有丝毫羞耻之心——的话，那么，这一封你遵照我吩咐所写的信，这会儿逐字逐句读出来让你听了，照说是应该会激发你的羞耻心的!

尊敬的市政委员会委员们启
诸位先生：

尊崇的国父乔治·华盛顿已去世。他那长期的光辉事业已告一段落，唉!已永远结束了。他在国内这一带地方受到崇高的敬仰，他过早的逝世给全社会笼上了阴影。他死于一七九九年十二月十四日。他安静地离开了自己备受荣宠和树立功勋的本土，这位最受人哀悼的英雄，这位世间最为人敬爱的伟人，终于应死神的召唤而去。在这样一个时刻，你们却谈到了航运税的问题!一这会使他感到多么难堪啊!

名声算得了什么!名声只是出于一个偶然的机遇。艾萨克·牛顿爵士发现一个苹果落地——一个无足轻重的发现。确实是如此，那是早在他以前千百万人早已发现过的——但是他的父母是有权势的人物，于是他们将那件微不足道的发现歪曲成为一桩惊天动地的大事，哎呀，瞧呀!全世界头脑简单的人就随声附和，几乎就在一刹那间，那个人就一举成名啦。可要好好地记住我的这些见解呀。

诗篇啊，可爱的诗篇啊，谁能估量全世界的人从你那里获得了多大的益处啊!

玛丽养了一只小绵羊，
　　一身都是雪一般的毛——

大作家讲的小故事

不论玛丽到什么地方去，
　　绵羊老是跟着她一起跑。
杰克和吉尔爬小山，
　　去把一桶水往下拖；
杰克一跤摔破了脑袋瓜，
　　吉尔就跟着滚下了坡。

讲到内容纯朴，措词优美，并不合有淫荡的意味，我认为这两首诗堪称诗中瑰宝。它们适合于所有智力高下不同的人等，适合于生活的每一个领域——田野里，托儿所里，行会里，尤其是市政委员会里，哪儿都不能缺少了它们。

尊敬的头脑已经僵化了的先生们！请继续来信吧。没有比友谊的信札往返更对人有益的了。继续来信吧——如果你们这份请愿书里特别涉及到什么问题，就请毫不顾忌地明说了吧。我们永远高兴听你们喋喋不休地谈下去。

　　　　　　　　　　　　您最忠实的
　　　　　　　　　　　　詹姆斯·W.(美国参议员)
　　　　　　　　　　　　马克·吐温代笔
　　　　　　　　　　　　十一月二十七日于华盛顿

"这可是一封恶劣透顶、害死人的信呀！真叫人看了忍无可忍！"

"这个吗，阁下，如果信里面有什么不妥当的地方，那我实在很抱歉——可是——可是我觉得，这是故意在回避那航运税的问题呀。"

"你竟然说这是在回避那问题！咳！——且别去提那个了。现在既然事情要坏，就让它坏到底吧。让它坏到底——让你最后的这件作品，我这会儿就要宣读的作品，给这些事来一个收场吧。我可是完蛋了。从亨博尔特寄来的那封信，是要求将那条从印第安沟壑到莎士比亚峡谷和一些中间站的那条邮件投递路线部分加以改变，去走那条老摩门小道，我交给你那封信，当时我心里就不踏实，但是当时我告诉你，说那是一个棘手的问题，并警告你，说必须圆滑地处理这件事——要含糊其辞地答复，而且多少要弄得他们晕头转向。可是你那该死的木瓜脑袋，却害得你写出这样一封复信。如果你还没坏到完全恬不知耻的地步，我想你现在该会把自己的耳朵堵起来：

珀金斯、韦格纳等诸位先生启

先生们：

　　有关印第安小道的事，那可是一个棘手的问题，然而，如果能以灵活而又模棱的手法去处理它，我相信我们是会在一定程度上取得成功的，因为，去年冬天，那两个肖尼族酋长，"死对头"和"吞云吐雾"，就是在这条路线上，从拉森草原岔出去的地方，被人剥了头皮。有些人喜欢这条路线，但是另一些人，由于种种原因，更爱选其他的路线。走那条摩门小道，要在凌晨三点钟离开英斯比，穿过额骨平原，到达半统靴子，然后由壶把子向南，公路绕过它的右边，当然，也就是在它右边绕过去，将道森镇落在小道的左边，小道在那里绕到上述的道森镇左边，然后从那儿一直向前，直趋战斧镇。这样，走这条路线，既可以节省路费，又更容易接近所有的人都要去的地方，包括其他人考虑到要去的目的地，因此，它给极大多数人带来了最大的好处，而这一切就促使我怀抱希望，期待能解决这一问题。但是，只要你们需要，而邮政部又能让我掌握各项消息，那么我就随时准备，并且乐于为你们提供更多有关这一问题的资料。

您忠实的
詹姆斯·W.(美国参议员)
马克·吐温代笔
十一月三十日于华盛顿

大作家讲的小故事

"瞧呀——现在你认为这封信写得怎样?"

"这个吗?这我也说不上来,阁下。它吗——这个,我觉得它——它写得也够含糊其辞的了。"

"含糊——你给我离开这屋子!这下子我可毁了。被这样一封不通人情的信闹得头昏脑胀,这一来那些亨博尔特的野蛮人是绝对不会饶过我的了。从此以后,我再也不会受到美以美教会的尊重,再也不能博得市政委员会的敬服……"

"这个吗,我在这方面没什么可以说的,因为,我在写给他们的回信中,也许有一点儿疏忽,但是,我以前给鲍尔温家大牧场那些人写的信,可要比这封信出色得多,大人!"

"给我离开这屋子! 从此以后,永远离开这屋子。"

我认为这是一种隐晦曲折的暗示,那意思是不再需要我为他效劳了,于是,我辞职了。此后我再也不要担任参议员的私人秘书了。你没法使这种人感到满意。他们什么事都不懂。他们不会赏识一个人为他们所花费的力气。

赏析与品读

马克·吐温是憎恨政治的,他写给朋友的信件中曾经明确地表达过这点。这与他有过的工作经历相关,他做过记者,采访过国会新闻,还确确实实担任过参议员的私人秘书。

这些经历都使他看透了美国官场政界的黑暗,也看穿了民主政治下掩盖着怎样的丑陋。但愿你没有被这篇文章中的迷糊又大胆的私人秘书所蒙蔽,真正的主角是那位愤怒的仿佛自己受了天大的冤屈的参议员,他的职责是为民众办事,但他的全部工作却是如何圆润含糊地拒绝民众。而那位很傻很天真的私人秘书只是太过率真可爱了而已。这就是美国的民主政治,掩藏在民主面纱掩盖下的真相。